잘될 운명입니다

현존 정회도 지음

SOUL SOCIETY

● 차례 ●

운 좋을 운명 080

잘 지낼 운명 138

프롤로그

저는 2019년 6월, '타로마스터정회도' 유튜브 채널을 시작했습니다. 영상이 끝날 때마다 저는 늘 이렇게 말했습니다.

"잘될 운명입니다."

이 말은 구독자들을 위한 말이기도 했지만, 사실은 그 누구보다도 잘될 운명으로 살고 싶었던 나 자신을 위한 주문이었습니다.

30대 초반까지 저는 괴로움 속에서 살았습니다. 비교와 후회, 불안과 욕심 속에서 허우적댔고, 무심코 이렇게 말하곤 했습니다.

"내 인생이 원래 이렇지 뭐."

그 말들이 저를 더욱 어두운 곳으로 몰아넣는 것을 모르고 함부로 입 밖으로 내보냈었습니다. 그때는 몰랐습니다. 세상을 어떤 눈으로 보고, 어떤 말을 하느냐가 자신의 운명을 결정한다는 것을요.

"잘될 운명입니다"라는 말을 5년간, 약 1만 번은 넘게 말한 후에야 우리가 입으로 하는 말이 세상을 창조하는 힘을 가졌다는 걸 깨달았습니다. 성경에서는 하나님이 "빛이 있으라" 말하시며 세상이 시작되었습니다. 불경에서는 음성의 힘으로 세상을 통솔하는 위음왕불威音王佛이 나옵니다. 고대의 마법에서도 주문은 빼놓을 수 없지요. 이 모두가 음성의 창조적 힘을 말해줍니다.

저는 운명을 연구하는 사람으로서 다양한 운명학 전문가들을 만나서 상담을 받습니다. 운명학자인 저에게는 이런 만남 자체가 공부입니다.

사주와 점성학으로 보면 지난 5년간 저의 운은 어둡고 긴 터널을 지나는 시간이었습니다. 지금도 그 터널을 지나고 있는 중일 테지요. 그래서 운 상담을 받으러 갈 때마다 듣는

첫마디는 언제나 같았습니다. "고생 많이 하고 있겠네요." 저는 그 말에 조용히 고개를 끄덕입니다. 하지만 제 마음속에서는 다른 대답을 하고 있었지요. '주어진 운명은 어두운 터널이지만, 제 삶은 밝은 햇살이 비추는 호숫가를 걷고 있습니다.'

지난 5년을 돌이켜보면 외적인 성공과 내적인 성취 모두 다 이룬 날들이었습니다. 만약 5년 전으로 돌아가 다시 시작해야 한다면, 지금처럼 잘해낼 자신이 없을 정도로 찬란한 나날이었습니다. 저는 그것이 "잘될 운명입니다"라는 말을 1만 번 넘게 한 덕분이라고 생각합니다. 어두운 운명이 그 말에 담긴 찬란한 빛으로 물들었기 때문입니다.

운명은 주어지는 것이지만 말과 생각의 힘으로 스스로 만들어가는 부분도 존재한다고 믿습니다. 그러니 지금부터라도 틈날 때마다 "나는 잘될 운명이야"라고 말해보세요. 여유가 된다면 당신이 만나는 사람들에게도 이 말을 건네주면 좋겠습니다.

이 책에는 당신이 잘될 운명으로 가기를 바라는 저의 진심을 담았습니다. 잘될 운명이 무엇인지, 그렇게 살기 위해서는 세상을 어떻게 보고, 어떤 말을 해야 하는지, 저의 오랜 사색을 적어두었습니다.

이 책을 처음부터 차근히 읽어도 좋고, 어느 페이지나 닿는 대로 펼쳐 읽어도 좋습니다. 마치 타로카드를 뽑듯이 당신에게 필요한 문장을 찾아보세요. 그리고 하루를 시작할 때 '그래, 나는 잘될 운명이야' 하는 마음으로 시작할 수 있다면, 그것만으로도 이 책은 충분한 의미가 있을 것입니다.

현존 정회도

평온할
운명

평온할
운명

제가 평온을 찾아 떠난 여정은 충북 보은의 한 산속 암자에서 시작되었습니다. 당시의 저는 지금의 저와 달랐습니다. 억울함, 분노, 원망 등의 감정이 내 안에서 뒤엉켜서 감정의 소용돌이가 저를 괴롭히던 시기였지요. 인연법에 따라 암자에 도착했을 때, 제가 감히 상상도 하기 힘든 사연을 안고 오신 행자님 두 분이 계셨습니다.

첫날, 새벽 다섯 시에 일어나 간단하게 아침 식사를 하고 우리는 스님과 함께 삽을 하나씩 들고 산에 올랐습니다. 때는 7월 초, 이미 오르는 길에서부터 땀이 비 오듯 흘렀지요. 어느 지점에 도착하자 다른 분들은 아무 말 없이 익숙한 듯 땅을 파기 시작했습니다. 30분 정도 말없이 얼떨결에 같이 땅을 파다가 질문을 던졌습니다.

"그런데 이 땅을 왜 파고 있는 거죠?"

제 말을 들은 한 행자님이 눈빛으로 이유를 묻지 말고 땅을 파라는 무언의 답변을 해주셨습니다. 그렇게 4시간 정도 흘렀을까요. 스님께서 쉬자고 말씀하셨습니다. 그늘 아래에서 제 몸과 마음은 완전히 무념무상의 상태가 되었고, 말할 힘조차 없었습니다. 그토록 고요하고 평온한 순간은 참으로 오랜만에 경험했습니다. 그제야 비로소 깨달았습니다. 힘을 완전히 빼야만 평온이 찾아온다는 것을요.

잠시 쉬고 내려와서 점심 식사를 한 후, 우리는 다시 산으로 올라갔습니다. 저를 빼고 다들 약속이나 한 듯 오전 내내 팠던 땅을 다시 메우기 시작했습니다. 황당했지만, 이렇게 해서 힘을 빼려고 하나 보다 싶어서 묵묵히 따랐지요. 그렇게 땅을 파고 다시 메우는 일로 첫날 일정을 마무리하며 '마음이 괴로울 때는 육체 고행을 통해서 괴로움을 내려놓을 수 있을지도 모르겠다'라고 혼잣말을 되뇌었지요.

진짜 깨달음은 늦은 저녁 차담 시간에 찾아왔습니다. 칠흑 같은 어둠 속, 몸은 녹아내릴 듯 나른했고 밖에서는 풀벌레 우는 소리가 들려왔습니다. 제 의식은 자는 것도, 깨어 있는 것도 아닌 그 어딘가에 있었습니다.

물주머니에 구멍이 나서 물이 흘러나오듯 저도 모르게 속마음을 말하게 되었습니다. 왜 나만 아토피 피부염으로 고통 속에서 뜻한 대로 살지 못하게 되었는지, 어째서 믿었던 사람에게 배신을 당해 나의 인내와 노력이 없어지게 되었는지, 남들보다 뒤처진 나는 이제 어디로 가야 할지 하소연하듯 스님께 전하게 되었지요.

스님은 마치 다 알고 있었다는 듯 별다른 반응 없이 제 말을 다 들어주신 후에야 말씀을 시작하셨습니다. 오늘 땅을 파고 다시 묻은 이유를 설명해주셨지요.

"오늘 땅을 판 사람은 누구였나요?"

"제가 땅을 팠지요."

"어떤 의도로 땅을 팠던 자네가 팠지. 내가 시켜서라고도 할 수 있지만 그것 또한 자네가 만든 인연법으로 여기까지 온 것이지. 괜히 팠다고 생각한 그 땅도 시간이 지나면 다 그 이유를 알게 될 것이야. 그러니 파인 땅만 보고 속상해하지 말게나. 지혜로운 사람이라면 깊게 파인 땅에 나무를 심지. 이미 파인 땅 때문에 세상을 탓하고 누구를 원망하지 말게나. 오늘처럼 파인 땅은 다시 메우면 되는 일이야. 앞으로 살날이 창창한 사람이고 혈기가 넘치니 지난 일과 앞으로의 일에 붙잡혀 괴로움이 찾아오는 날이 많이 있겠지. 그럴 땐 오늘처럼 당장 풀 수 있는 하나의 삽에만 집중하게나."

내 욕심이 만든 괴로움, 원망, 태생에 대한 억울함과 막막했던 미래로 인해 요동쳤던 내 마음을 어찌 다루어야 할지 몰라서 방황했었습니다. 그런 제게 스님께서 준비해주신 그날의 수행은 큰 깨달음을 주었지요.

그날 밤, 눈을 감았다 떴을 뿐인데 이내 아침이 되었을 만큼 단잠을 잤습니다. 새로운 날도 어제처럼 모두 삽을 들고 산으로 갈 준비를 했습니다. 저도 같이 채비를 하는데 스님이 말씀하셨지요.

"자네는 이제 집으로 돌아가게나. 여기서 더 있을 이유가 없으니."

1년을 머물 계획으로 짐을 싸서 들어갔지만 스님의 말씀에는 저의 앞날을 보신 듯한 에너지가 담겨 있었습니다. 저는 스님께 인사를 드리고 조용히 짐을 싸서 암자에서 나왔습니다. 들어갈 때는 암자의 이름이 적힌 비석을 못 봤는데, 나올 때 보니 암자의 이름이 백운암白雲巖이었습니다.

한여름 아침 하늘을 보니 흰 구름이 유유히 하늘 위를 떠가고 있었습니다. '이곳은 흰 구름처럼 왔다가 인연이 다하면 유유히 떠나가는 암자구나. 내 괴로움과 상처도 유유히 구름처럼 인연 따라 흘러가는구나. 인연이 되면 또 다른 괴로움이 오겠지.' 그러나 두렵지 않았습니다. 하산하는 길 위에서 요동쳤던 제 마음과 영혼이 하루 만에 평온해짐을 느꼈습니다.

이후에도 종종 평온이 흔들리는 때가 찾아왔습니다. 그때마다 뜰 수 있는 하나의 삽에만 집중했습니다. 평온은 지금 이 순간에 머물면 찾아온다는 것을 깨닫게 되었지요. 지금 이 순간에 머무는 것은 쉬운 일이 아니라서 지금까지도 수행의 여정을 이어오고 있습니다.

저는 이제 간절히 바라고 부단히 노력하면 평온이 나를 찾아오리라 믿습니다. 지금 저에게 "행복하느냐"라고 묻는다면 이렇게 답할 것입니다. "행복은 잘 모르겠어요. 하지만 괴롭지 않습니다. 저는 지금 평온할 운명 속에 머물고 있습니다."

당신의 마음도 고요히 흘러가는 흰 구름처럼 평온을 되찾게 될 것입니다. 평온할 운명이 당신에게도 있기 때문입니다. 제가 평온하기 위해 사유한 이야기, 그리고 그 속에서 얻은 영감들을 조용히 담아보았습니다. 이 글을 읽는 당신은 평온할 운명입니다.

1
빛과 어둠의 시작

우주의 시작은
아무것도 없는 무극에서
태극이 솟아오른 순간이었습니다.

그 고요 속에서
음과 양, 빛과 어둠이 나뉘어
서로가 대립하면서,
그러나 한순간도 떨어지지 않으면서
끝없는 춤을 추었지요.

우리가 사는 이 세계도
그 춤의 연장선 위에 있습니다.

양극성이 서로를 비추며 존재하지요.

그러나 우리 인간은 그 사실을 잊고
한쪽에만 착着되는 카르마로 인해
스스로 그 안에 갇혀
윤회를 벗어나지 못합니다.

빛만을 쫓으면 눈이 멀어
어둠이 그림자가 되어 따라오고
깊은 어둠 속에서는 작은 빛이라도
더 선명하게 보입니다.

양극이 서로 통한다는 것은 우주의 진리입니다.
그러니 잘되는 것만 따라가지 말고,
가끔은 멈추어 그늘 속에서 나를 바라보세요.

절망이 깊어질 때도 그 속에 빠지지 말아야 합니다.
한쪽에만 머물지 않을 때,
빛과 어둠, 기쁨과 슬픔의 양극 사이에서
하나의 길을 찾아 고요히 걸어갈 수 있습니다.

2
숨이 빛이 되는 순간

간심비폐신肝心脾肺腎

간, 심장, 비장, 폐, 신장

오장五臟 가운데

유일하게 마음대로 움직일 수 있는 것,

그것은 호흡으로 열고 닫는 폐입니다.

아이는 숨을 배까지 내리지만

나이가 들면서 숨의 위치는 점점 올라오지요.

만일 목까지 차오르면 그곳에서 숨은 멈춥니다.

그래서 사람의 생을 목숨이라 부르지요.

사람의 목숨은 호흡지간에 있다고 합니다.

호흡지간은 들숨과 날숨의 사이,
숨이 잠시 멈추는 시점이지요.

많은 사람들은 이 말이
인생은 찰나라는 것을
비유한 말이라고 알고 있지만
호흡을 통해 깨달음에 이를 수 있다는
비밀을 담고 있는 말이기도 합니다.

그래서 도사들은 숨을
발꿈치까지 들이마신다고 하지요.
깊은 호흡은
깨달음으로 가는 시작과 끝입니다.

마음이 흐트러질 때,
숨을 깊이 들이마시고
천천히 내쉬어보세요.
들어오는 숨과 나가는 숨을
조용히 바라보세요.

그러다 보면 어느 순간 그 숨이
빛으로 변하는 순간이 옵니다.
위파사나 명상에서는 그 빛을
니미타Nimitta라고 부릅니다.
숨이 빛으로 보이는 순간,
호흡지간 속에서 내면의 평온을 봅니다.

들숨과 날숨 속에서
우리는 모든 것을 받아들이고
모든 것을 내려놓는 깨달음을 얻습니다.

3

서로를 품고 있는 거대한 호흡

삶이 꽃처럼 피어날 때
죽음은 그늘 아래 조용히 서 있는 것처럼
태어남의 경지가 있다면
태어남이 없는 경지도 있겠지요.

괴로움의 그림자 뒤에
고요함이 숨어 있는 줄 모르는 것처럼
괴로움의 경지가 있다면
괴로움이 없는 경지도 분명히 있을 것입니다.

한쪽에만 머물러 있을 때,
우리는 그 이면의 세계를 잊곤 합니다.

잠시 생각을 멈추고,
가만히 눈을 감아보세요.

서로를 비추며 공존하는 경계에 서 있을 때,
그 모든 것이 하나의 흐름임을 알게 될 거예요.

우리가 그 양극단을 하나로 볼 수 있을 때,
그저 존재할 수 있을 때,
그곳에서 진정한 평온을 느낄 수 있을 거예요.

태어남과 죽음,
괴로움과 고요함은
서로를 품고 있는
하나의 거대한 호흡이고
그 사이에서 우리는 가만히 머물 뿐입니다.

4

일곱 차크라의 문

인도 요가에서는
우리 몸에 기氣가 모이는 기혈을
차크라Chakra라고 부릅니다.
산스크리트어로 '원', '바퀴'라는 뜻이지요.

우리 몸에 있는
일곱 차크라의 문을 모두 열면
우주와 하나가 되는 길이 열리지요.

1차크라 척추 끝에서는
세상에 뿌리를 내리는 법을 배웁니다.

2차크라 하복부에서는
감정을 느끼는 법을 배워서
내 안의 에너지가 물처럼 흐르게 합니다.

3차크라 상복부에서는
의지의 불꽃을 키우고
세상을 향해 나아가는 힘을 얻습니다.

4차크라 가슴 중앙에서는
사랑의 꽃을 피우고
용서와 연민으로 따뜻함을 품지요.

5차크라 목에서는
목소리에 진실을 담아 말할 수 있고

6차크라 미간 사이에서는
직관의 눈을 뜨고
보이지 않는 진리를 보게 되어
길을 잃지 않게 되지요.

7차크라 정수리에 이르게 되면
우주와 나를 연결하는 빛의 통로가 열려
모든 것을 초월하고 우주와 하나가 됩니다.

차크라는 몸과 마음,
그리고 영혼을 잇는
보이지 않는 길입니다.

삶 속에서 균형을 잃었을 때,
어떤 차크라 문을 열어야 할지
나를 들여다보세요.

그 문들이 다시 열릴 때
삶의 모든 영역은
조화로운 흐름 속에 머물게 됩니다.

5
마음을 정화하는 치유의 말

하와이 전설에 따르면
어느 마을에 폭력과 질병이 창궐했고
마을은 깊은 어둠에 잠겼다고 합니다.

그때 사람들은 영적 지도자인
'카후나'를 찾아갑니다.
그는 이렇게 말했습니다.

"모든 현상은 기억의 재생이라네.
당신들의 마음속에 있는 상처들이
지금의 세상을 다시 만들고 있는 거지."

카후나는 호오포노포노를 가르쳐주었습니다.
마음속에 깊이 쌓인
잘못된 생각과 감정을 정화할 수 있는
네 가지 문구를 반복하는 것이지요.

"미안해요 I'm sorry."
나의 상처에, 타인의 고통에,
그리고 나 자신에게 말하세요.
스스로를 용서할 수 있도록.

"용서해 주세요 Please forgive me."
과거의 잘못을, 무지함을,
놓아주기를 구하세요.
그 상처가 더 이상 나를 묶지 않도록.

"감사해요 Thank you."
고통까지 포함한 모든 것이
나에게 준 가르침에 감사하세요.
그 감사가 나를 해방시킬 것입니다.

"사랑해요I love you."
세상의 모든 이들에게
나의 마음속 어두운 곳까지
무조건적인 사랑을 보내세요.
그 사랑이 나를 치유할 것입니다.

마을 사람들은 카후나의 말을 따라
하루하루 마음속에 네 가지 말을 새기며
증오와 슬픔을 정화했습니다.

사람들의 마음속에서 어두운 구름이 걷히자
폭력과 질병이 사라지고
마을엔 평화가 찾아왔다고 하지요.

모든 현상은 기억의 재생입니다.
우리가 그 기억을 정화할 때
세상은 달라집니다.

마음을 정화하고 싶을 땐 조용히 읊조려보세요.
'미안해요, 용서해 주세요, 감사해요, 사랑해요'라고.

6
근원에서 완성으로

진언眞言.

산스크리트어로 만트라Mantra라고도 하는 이 말은
'진리의 말'이란 뜻으로
언어의 힘으로 우주의 진리에 닿게 해줍니다.

그중 가장 대표적인 진언은
'옴 마니 반메 훔Om Mani Padme Hum'입니다.

'옴Om'은 시작의 소리입니다.
모든 것의 근원에서 흘러나와
우리를 태초로 이끌어줍니다.

'마니Mani'는 보석,
보석처럼 빛나는 진리를 가리킵니다.
자비와 연민이 깨어날 때
고통이 치유되지요.

'반메Padme'는 연꽃입니다.
진흙 속에서도 흠 없이 피어나는 연꽃처럼
깨달음을 추구하는 우리의 모습이지요.

'훔Hum'은 완성의 소리입니다.
지혜와 진리로 모든 것은 하나로 이어져
우리를 완성의 길로 이끌어줍니다.

마음이 흔들릴 때 조용히,
'옴 마니 반메 훔'
이 진언을 마음속으로 읊조려보세요.
나의 리듬이 우주의 리듬과 맞춰질 때
우리는 진정한 평온을 느끼게 됩니다.

7

사마디Samadhi로 가는 길

하타요가는 궁극의 평온과 자유를 얻게 되는
사마디로 가기 위한 여정입니다.
사마디에 이르기까지는
8단계의 평온을 향해 문을 열어야 하지요.

첫 번째, 육체의 평온입니다.
바람이 불어도, 생각이 스쳐도
그 자리에 머물 수 있는
육체를 만들어야 합니다.

두 번째, 호흡의 평온입니다.
들이마신 공기가 내 안을 가득 채우고

내 안의 바람이 잠잠해질 때까지 나를 관찰합니다.
호흡을 통해 내가 어디로 가는지 알게 됩니다.

세 번째, 감정의 평온입니다.
파도처럼 밀려오는 감정과 생각들이
그저 지나가도록 허락하면
마음이 흔들리지 않습니다.

네 번째, 감각의 평온입니다.
바람 소리도, 풀잎의 속삭임도
더 이상 내 귀를 지나치지 않습니다.
벼락과 해일 속에서도
내면의 고요에 집중할 수 있습니다.

다섯 번째, 집중의 평온,
다라나Dharana입니다.
마음속에서 반짝이는 작은 불씨를 느낄 수 있습니다.
나의 집중은 원하는 곳이 어디든
그곳에 불을 켤 수 있습니다.
깊은 명상을 위한 준비가 되었습니다.

여섯 번째, 명상의 평온,

디야나Dhyana입니다.

명상의 바다에 내 몸이 떠 있으나

나를 둘러싼 파도에는 휩쓸리지 않는 상태이지요.

바다는 깊고 넓지만 그 중심에서

나는 한 점의 물방울이 됩니다.

그리하여 진정한 평화를 경험합니다.

일곱 번째, 에너지의 평온입니다.

신체와 정신이 하나로 모여

생명의 에너지(프라나Prana)가 되고

몸 안에 고르게 흐릅니다.

생명력이 극대화되지요.

그리고 마지막 단계는 사마디입니다.

바람도, 물결도 없는 완전한 고요의 순간.

나와 우주가 하나 되어

아무것도 남지 않은 그 자리에서

나는 다시 태어납니다.

그곳은 고통도 괴로움도 두려움도 없는 곳.
진정한 평온과 자유를 얻게 됩니다.

만약 이번 생에 단 한 번이라도
그 사마디의 경지에 닿을 수 있다면,
이 삶에서 가장 중요한 비밀을 알게 될 것입니다.

우주의 문을 여는 열쇠는
나 자신 안에 있었다는 것을.

8
여기餘氣

봄이 왔지만,
여전히 작년 겨울의 기운이 남아 있습니다.
따뜻한 날이 찾아왔다가도
갑자기 서늘한 바람이 스치고 갑니다.

기운이란 이처럼 한 번에 바뀌지 않아요.
지난 기운의 여운이 서서히 사라지면서
새로운 기운이 천천히 자리 잡는 법이지요.

사주명리학에서는 이를
'여기'라고 부릅니다.

당신에게 오는 봄도
그렇게 천천히 다가올 겁니다.

갑작스레 찾아오는 것이 아니라,
어느 날 문득 돌아보면
이미 봄이 와 있었음을 깨닫게 되는 것이지요.

세상의 변화도, 마음의 변화도
천천히 그러나 분명히
당신 곁에 찾아옵니다.

9
마음이 만들어낸 그림자

두려움이란
과거의 기억과 현재의 감정,
그리고 미래에 대한 상상이
뒤섞여 만들어낸 것일 뿐입니다.

지금 무언가로 인해 두렵다면
미래에 모든 것이 잘 풀렸을 때의
자신을 상상해보세요.

과거의 기억 속에서
행운이 함께했던 순간들을 떠올려보세요.

그리하면 현재의 감정은 서서히 변하고,
두려움은 차츰 희망으로 바뀌어 있을 것입니다.

두려움은 마음이 만들어내는 그림자일 뿐,
희망 또한 같은 마음에서 피어나는 빛입니다.

두려움은
마음이 만들어내는 그림자일 뿐,
희망 또한
같은 마음에서 피어나는 빛입니다.

10

이유를 알 수 있게 되는 경지

때로는 이유를 알 수 없는 비극이
우리의 삶에 찾아오곤 합니다.

너무 억울하고,
속상한 일이 있을 때,
그저 잠시 흘러가게 놔두세요.

시간이 흐르고 내가 더 성숙해지면
그때는 몰랐던 이유를 알게 되거든요.

저는 20대 중반까지
아토피 피부염으로 고통받는 삶을 살았습니다.

그때는 알 수 없었습니다.
'왜 나에게 이런 고통이 찾아왔을까?'
그저 억울하고 속상하기만 했지요.

그러나 시간이 지나,
운명학을 공부하면서
그 시간이 나에게 어떤 의미였는지
조금씩 깨닫게 되었습니다.

그 고통이 있었기에
운명학에 관심을 가지게 되었고
인내를 배우게 되었지요.

모든 일은 이유 없이 일어나지 않습니다.
다만 우리는 그 이유를 아직 모를 뿐이에요.

우리는 이유를 알 수 있는
더 깊은 경지를 향해 가고 있는 것일 뿐입니다.

11

이유를 다하면 지나갑니다

큰 전쟁에서 승리를 하고 돌아온 다윗 왕은
승리의 기쁨을 오랫동안 간직하기 위해
보석 세공사를 불러 명령을 내렸습니다.

"세상에서 가장 아름다운 반지를 만들어주게.
그 반지 안에는 내가 전쟁에서 승리하거나
위대한 일을 이루었을 때 자만하지 않고,
또 절망의 순간에도 용기를 낼 수 있게 해줄
글귀를 찾아 새겨주게."

보석 세공사는 반지는 만들었으나
거기에 새길 적절한 글귀를 찾지 못해 고민하다가

다윗 왕의 아들인 솔로몬을 찾아갑니다.

그리하여 솔로몬의 지혜로부터 만들어진 말,
This too shall pass away,
이 또한 지나가리라.

사람들은 이 말을
힘든 순간에 떠올리며 위로를 받습니다.
하지만 사실 이 말 속에는
좋은 순간도 지나간다는 뜻이 숨어 있지요.

삶에서 일어나는 모든 일은
그저 지나가는 바람일 뿐,
좋은 일도 나쁜 일도
이유가 있어 내게 왔다가
그 이유가 다하면 떠나가는 것이
우주의 흐름입니다.

그러니 너무 들뜨지도,
너무 좌절하지도 마세요.

모든 것은 결국,

이유를 다하면 지나갑니다.

12

마음이 일어난다

마음은 '내가 느낀다I feel'가 아니라
'그것이 일어난다It happens'에 가깝습니다.

마음은 내 것이 아니에요.

내가 어찌 움직일 수 없는 바람 같아서
어느 순간 불어와 나를 흔들고,
어느새 사라져버리는 것이 마음입니다.

우리가 할 수 있는 것은
그저 일어나는 마음을 조용히 바라보는 일,
그리고 그 마음을 어루만지는 일.

마음은 내가 다스릴 수 없지만

관찰하는 순간,

비로소 나를 다스리는 힘이 생깁니다.

13

감정이 불필요한 순간

감정이라는 것은 때로
불필요한 순간이 있습니다.

감정을 잠시 내려놓고,
한 걸음 뒤로 물러서서
현상을 있는 그대로 바라보세요.

그럴 때 비로소 해결책이 보이고,
마음도 고요해지는 순간이 찾아오지요.

지금 복잡하거나 불안한 상황이라면,
감정을 덜어내고 상황을 바라보세요.

인생은 때로 우리가 물러서서 고요히 기다릴 때
그 해답을 속삭여주기도 하거든요.

14

반대편에 있을 웃음과 눈물

인생에서 웃음과 눈물은
달과 해가 나란히 서서
같은 시간 속에서 빛을 나누는 것처럼
함께 있다고 합니다.

인생에서 힘든 일이 찾아올 때,
그 반대편 어딘가에
웃을 일이 있음을 잊지 마세요.

그리고 즐거운 순간이 찾아왔을 때는
반대편에 있을 조심해야 할 일에 대비하세요.

음과 양이 조화를 이룰 때,
우리는 비로소 여여한 마음으로
평온하게 살아갈 수 있어요.

삶은 늘 균형을 맞추려 하고
그 안에서 우리는
고요한 흐름을 따라갈 뿐입니다.

15

무탈함에 감사합니다

저의 첫 번째 소망은
무탈하고 평온한 하루입니다.

무사히 보낸 어느 하루,
저는 잠들기 전
소망이 이루어졌음을 깨닫고
조용히 감사의 기도를 드립니다.

큰돈, 좋은 인연, 계약의 성사,
합격과 같은 다른 소망들은
그저 하늘이 내려준 축복일 뿐,
무탈한 하루가 이미 소망의 성취입니다.

축복이 내려오지 않았다고
하늘을 원망할 필요는 없습니다.
우리는 이미 충분히 많은 것을
하늘로부터 받고 있으니까요.

만일 축복이 제게 내려온다면,
저는 그저 감사할 뿐입니다.
감사의 마음 위에
소망의 꽃은 더 활짝 피어나는 법이니까요.

그러니 매일 감사하며
내일의 꽃도 기대해봅니다.

16

매우 작지만 위대한 해탈

불교에는 '육신통'이라는 경지가 있습니다.

몸을 생각대로 움직이는 신족통,
먼 소리를 듣는 천이통,
남의 마음을 꿰뚫는 타심통,
전생을 아는 숙명통,
모든 것을 꿰뚫어 보는 천안통,
그리고 마지막으로,
번뇌에서 벗어나는 누진통.

누진통에 이르면 해탈에 이른다 하지요.

그러니 우리 같은 평범한 사람들이
번뇌 속에 살아가고,
그 속에서 길을 잃는 것은
어쩌면 자연스러운 일입니다.

그러나 그 번뇌 속에서
조금이라도 자유로워질 수 있다면
그것은 참으로 위대한 일이지요.

오늘 하루,
나를 붙잡고 있는 번뇌가 무엇인지
천천히 들여다보세요.

그리고 그 번뇌를
가만히 내려놓는 연습을 해보세요.

작은 돌 하나를 내려놓듯
마음은 조금 더 가벼워질 것이고,
그 가벼움 속에서 우리는
작은 해탈을 만나게 될 것입니다.

세상은 여전히 그대로이지만
우리 마음은 조금씩 변해가고
그 속에서 자유를 찾아가는
작은 걸음을 내딛는 것이지요.

번뇌 속에 살아가고,
그 속에서 길을 잃는 것은
어쩌면 자연스러운 일입니다.

그러나 그 번뇌 속에서
조금이라도 자유로워질 수 있다면
그것은 참으로 위대한 일이지요.

17
아무것도 하지 않는 시간

다쳐서 상처가 났을 때,
그 부위를 과도하게 사용해 운동을 한다거나
피부를 자극하는 연고를 바르면
더 크게 덧날 수가 있어요.

상처 부위를 적당히 처치하고
새살이 나서 아물 때까지
기다리는 것이 최선이지요.

마음도 마찬가지입니다.

너무 아프거나 지쳤을 때는

아무것도 하지 않는 게
더 좋을 때가 많아요.

모든 걸 내려놓고 잠시 멈추는 것.
회복할 때까지 기다리는 것.
그래도 괜찮습니다.

부상당한 운동선수에게
전속력으로 달리기보다
회복한 후에 다시 실력을 발휘하기를 기대하듯이

충분히 충전의 시간을 갖고
마음의 새살이 돋았을 때,
원래의 내 모습으로 돌아온 후에
천천히 시작해도 늦지 않아요.

18

내 안의 천국

코로나가 한창이던 그 시절,
존경하는 은사님께 전화를 드렸습니다.

"선생님, 코로나가 끝나면
제가 천국 같은 곳으로
해외여행 보내드릴게요."

은사님께서는 고요하게 웃으시며
"나는 됐으니, 자네나 갔다 오게나"라고
말씀하셨습니다.

"왜요? 꼭 보내드릴게요."

제가 다시 말했을 때,
은사님은 나지막이 말씀하셨습니다.

"내 안에 천국이 있으면,
지금 이곳이 천국이야."

그 말은 지금도 여전히
마음에 깊이 남았습니다.

우리는 늘 어딘가 멀리서
행복을 찾으려 하지만,
내 마음속에 천국이 있다면
이 순간이 바로 천국이라는 것.

지금 내가 있는 이곳이
그 어디보다 아름답다는 걸
그제야 깨달았습니다.

19

궁극의 상태

개는 거울을 보지 않습니다.
만일 거울을 본다면 그 속의 자신을
다른 개라고 생각하며 짖는다고 하지요.

어쩌면 개는 인간보다 더 나은 존재일지도 모릅니다.
자신이 어떻게 생겼는지,
타인이 자신을 어떻게 보는지에 대해
전혀 신경 쓰지 않으니까요.

그들은 지금 이 순간 그저 존재합니다.
자신의 몸짓과 숨결을
온전히 이 순간에 두며

그저 살아갑니다.

인간은 왜 지구상에서 가장 불행한 존재일까요?

거울 속에 비친 자신의 모습을
끊임없이 탐색하고
타인의 시선을 의식하며
그것으로부터 자유로울 수 없기 때문이지요.

자신을 비추는 거울 대신
순간 속에서 나를 느끼고
그것만으로 충분함을 아는 마음을 가져보세요.

현존의 상태, 그것이야말로
진정한 평화와 행복을 가져다줄 것입니다.

20

기대 없는 마음

누군가에게 선물을 주고 난 뒤,
그 사람에게서 다시 무언가 받기를 기대한다면
안타깝게도 상처의 문이 열리기 시작합니다.

내 손을 떠나간 선물은
이제 그 사람의 것이지요.
감사함 또한 그 사람의 선택에 달려 있어요.

마음도 그와 같습니다.
내 마음을 자유롭게 준 것처럼
그 마음에 대한 감사 역시
받은 사람의 자유로운 결정이어야 마땅하지요.

이미 내어준 것에 대해
미련이나 서운함이 남아 있다면
상처의 문이 스스로 열리지 않도록
그 마음을 내려놓는 법을 배워야 해요.

기대 없는 사랑,
기대 없는 마음이야말로
가장 깊은 평온으로 가는 문입니다.

21 맑아져라, 맑아져라, 맑아져라

심청의 '심沈'을 '마음 심心'으로 보면
마음이 청정해진 사람이 되지요.
심청은 이름 그대로 맑은 마음을 가진 이,
마음이 청정한 사람입니다.

그녀는 인당수에 몸을 던집니다.
그곳은 단순히 깊은 바다가 아니라
눈썹 사이에 자리한 인당印堂,
제3의 눈이 있는 혈 자리이지요.

재물로 바친 공양미 300석은
수많은 쌀알만큼 그녀가 태워야 할

카르마(업)의 무게였습니다.

심청은 맑은 마음으로 다시 태어나
심봉사를 만나게 됩니다.

심봉사는 눈을 감은 채
청淸아, 청淸아, 청淸아!
맑아져라, 맑아져라, 맑아져라!
세 번 외치고 눈을 뜹니다.

마음의 눈, 제3의 눈이 열려
그동안 보지 못했던
진실을 보게 되는 것이지요.

심청과 심봉사가 부녀지간인 것은
하나의 몸을 의미합니다.
우리 안에 빛과 어둠이 공존함을 뜻합니다.

심청은 우리의 맑아진 마음이요,
심봉사는 어둠 속에서 눈을 뜨기 전

무지의 상태를 가리키지요.
두 눈으로 보는 세상은
늘 우리의 욕망을 투영합니다.
보이는 것을 보는 것이 아니고,
보고자 하는 것을 보는 것이지요.

마음이 맑아질 때,
그제야 우리는 참된 눈을 뜨고
온전한 진실을 보게 됩니다.

22
시간을 쓰다 가는 존재

드넓은 바다에
무한한 생명을 안고 사는
눈먼 거북이 한 마리가
100년에 한 번씩 숨을 쉬러
바다 위로 고개를 내밉니다.

그 바다 어딘가에는
거북이 머리만 한 구멍이 하나 있는
나무판자가 떠다니고 있습니다.

과연 거북이의 머리가
나무판자의 구멍에 들어갈 수 있을까요?

부처님은 말씀하셨지요.
이것이 바로 죽음 뒤에
다시 인간으로 태어날 가능성이라고.
우리가 이 생에 태어났다는 것 그 자체가
기적이자 희귀한 순간이라고.

우리는 이곳에 왔습니다.
무수히 흘러간 시간의 바다에서
단 한 번의 기회로 말미암아
이 하루를, 이 시간을 살고 있지요.

그러니 어리석은 마음에 시간을 잃지 마세요.
해로운 생각에 오늘을 흘려보내지 마세요.

지금 이 자리에서 온 마음으로
행복을 붙잡으세요.

우리는 그저
시간을 쓰다 가는
존재일 뿐입니다.

지금 이 자리에서
온 마음으로
행복을 붙잡으세요.

우리는 그저
시간을 쓰다 가는
존재일 뿐입니다.

23

겨울꽃, 봄꽃, 여름꽃, 가을꽃

겨울은 새싹의 힘을 가슴 깊이 모으는 계절,
봄은 그 힘이 땅을 뚫고 세상에 나오는 계절,
여름은 모든 것이 자라며 제자리를 찾아가는 계절,
가을은 그 열매를 고이 품에 안는 계절입니다.

어느 하나도 부족함 없는 계절이듯
우리 인생에도 헛된 순간은 없지요.

겨울이 있어야 봄이 오고,
봄이 있어야 여름과 가을이 가능하듯
모든 시간은 서로를 이어주는 고리입니다.

삶의 계절은 모두 다르지만,
그 모든 순간이 빛나고
그 계절마다 꽃이 피어나지요.

겨울의 침묵에도,
봄의 설렘에도,
여름의 푸름에도,
가을의 황금빛에도,
우리 인생은 온전히 순환하며 완성됩니다.

그 모든 계절은 저마다의 길을 열어주고,
우리는 그 길 위에서 꿈을 꾸고,
희망을 심어가며 나아갑니다.

24

명상의 4단계, 사선정四禪定

명상은 무언가를 놓고
제자리로 돌아오는 작업입니다.

불쑥 떠오르는 생각들,
어디론가 달려가려는 마음을 내려놓고
호흡으로 다시 돌아오는 것이지요.

호흡에 오롯이 집중하는 순간,
초선初禪의 단계에 진입합니다.
마음에 일렁임이 가라앉고
깊은 평화가 문득 찾아오지요.
마음이란 그저 비울수록

가벼워지는 것임을 알게 되지요.

더 깊은 명상에 들어가면 이선二禪 단계에 이릅니다.
마음의 흔들림이 더없이 고요해지고
바깥의 소음이 들려도
내 안의 침묵은 깨지지 않습니다.
잡념을 내려놓으면 고요에 머묾을 알게 되지요.

조금만 더 깊이 가면 삼선三禪 단계에 접어듭니다.
초선과 이선에서 느꼈던
감정적 기쁨과 즐거움이 사라지고
미세한 평온과 내면의 안정감이 남습니다.
감각의 만족을 초월한 참된 고요에 들어가지요.
기쁨과 즐거움도 거친 감정에 불과함을 깨닫습니다.

그리고 마지막 사선四禪에서는
모든 분별심을 초월하고
모든 감각과 느낌이 사라지지요.
이 경지에 다다르면 무심無心의 상태가 되면서
오직 있는 그대로의 나로 돌아갑니다.

그 무엇에도 기대지 않고
그 누구도 필요하지 않은
절대적 고요를 알게 되지요.

수많은 생각과 감정에 매이고 흔들릴 때
마음속 작은 고요를 만나고 싶다면
잠시 멈춰 서서 내려놓고 제자리로 돌아오세요.

25
소울Soul이 있는 삶

20세기의 존경받는 구루인 구르지예프는
인간을 마차에 비유했습니다.
말은 감정, 마부의 채찍은 이성, 마차는 육체이고,
그 안에 조용히 앉아 있는 승객이 바로 영혼이라고.

그는 질문합니다.
"이 마차는 누구의 뜻대로 가야 하는가?"
바로 승객인 영혼의 뜻대로 가야겠지요.

그러나 우리는 감정에 휘둘리기도 하고
때로는 자로 잰 듯 이성만으로 살아갑니다.
육체가 원하는 본능에 이끌려

마차는 완전히 방향을 잃어버리기도 하지요.

주인이 없는 집은 어지럽고
하인이 주인 행세를 하듯이
방향을 잃은 삶은 혼란에 빠지게 됩니다.

영혼은 언제나 우리에게 이야기를 건네지만
영혼의 언어는 이성, 감성, 육체의 언어와
다르기에 듣지 못할 때가 많지요.

영혼은 우리에게 빛과 파동으로
이야기를 전해줍니다.
빛은 색에 담기고 색은 그림이 되지요.

그래서 타로카드의 그림들이
영혼의 메시지를 전하는
통역기 역할을 하는 것입니다.

파동은 음악과 만트라에 실려 흐릅니다.
우리는 그림을 보며

음악과 만트라를 듣고
그 흐름에 몸을 맡겨 춤을 추면서
영혼의 메시지를 들을 수 있습니다.

영혼의 메시지를 더 자세히 듣고 싶을 땐
무의식 속으로 깊이 들어갈 수도 있습니다.
명상 속에서, 그리고 기도 속에서
조용히 우리에게 닿는 소리를 들어보세요.

삶이 허전하고 무언가 빠진 듯 느껴진다면
그것은 마차가 주인의 뜻을 따르지 않고
길을 잃었기 때문일지도 모릅니다.

마차가 제 길을 찾고
영혼이 우리를 이끄는 그날,
우리는 소울이 있는 삶을 살게 됩니다.

운 좋을 운명

아들의 다섯 살 생일날이었습니다. 아이는 아침부터 신이 나서 유치원에 갔지요. 생일 케이크를 사러 갈 것이라는 기대에 눈이 반짝였던 그날, 유치원이 끝나자마자 저는 아이의 손을 잡고 빵집으로 향했습니다. 아이는 마음에 쏙 드는 케이크를 골랐고, 그때의 표정은 마치 세상을 다 가진 것처럼 환하게 빛났습니다.

그런데 빵집을 나서자마자 하늘이 갑자기 어두워지더니 소나기가 쏟아지더라고요. 우리에겐 우산도 없었고, 빗줄기는 금세 강해졌습니다.

케이크 상자를 품에 안고 집으로 향했지만, 옷은 물론이고 케이크 상자도 흠뻑 젖었어요. 순간 짜증이 확 나더군요. '왜 하필 이 순간에 소나기인가!' 그런데 옆을 돌아보니, 아이는 저와는 전혀 다른 표정으로 물웅덩이에 첨벙첨벙 발을 구르며 두 팔을 벌리고 비를 맞고 있었습니다. 저에겐 짜증이 나는 순간이었지만, 아이에게는 그 순간이 마치 놀이동산에 갔을 때보다 더 즐거운 시간처럼 보였어요. 아이는 빗속에서 세상에 하나뿐인 워터파크를 즐기고 있는 듯했습니다.

며칠 후, 아이가 유치원에서 그림 한 장을 그려가지고 왔지요. 온통 막대기처럼 보이는 그림에 저는 고개를 갸웃하며 물었어요. "이 그림, 설명해줄 수 있어?" 그러자 아이는 환하게 웃으며 말했습니다.

"아빠! 그날, 비 오는 날 케이크 사러 간 거예요. 너무 재밌었어요! 내년 생일에도 비 오면 좋겠어요!"

그 순간, 그날의 비가 단지 불편함으로만 기억되었던 제 마음을 돌아보게 되었습니다. 나에겐 운 나쁜 날이었지만, 아이에게는 운이 좋은 날이었구나.

생각해보면 우리 인생에서 운이 좋은 날이 얼마나 될까요? 《주역》에서는 인간사를 '길흉회린吉凶悔吝'으로 나누는데, 여기서 '길吉'만 좋은 일이고, 나머지 세 가지는 좋지 않은 일들입니다. 즉, 인생을 100으로 봤을 때, 운이 좋은 시기는 대략 25 정도, 즉 4분의 1쯤입니다. 그래서 진정한 운 좋은 운명이란, 그 25의 시기를 마음껏 즐기고 남은 75의 시기에도 그 안에서 의미를 찾고 즐길 수 있는 사람에게 주어지는 것이 아닐까 생각해봅니다.

지금도 비 오는 날이면 가끔 아들과 함께 빵집에 갑니다. 케이크를 사서 돌아오는 길에 빗속을 걷고 있으면, 그날의 기억이 다시 떠오르곤 합니다. 비를 맞으면서 웃을 수 있다는 것을 알려준 그날이 알고 보니 진짜 운 좋은 날이었습니다.

26

오행五行의 여정

목화토금수木火土金水 오행은
자연의 변화와 균형을 설명하는 원리로
동양 철학의 기초 개념입니다.

우리의 삶은 오행의 여정 위에서
춤추듯 조화롭게 살다 가는 것이지요.

우리의 여정은 나무木로 시작합니다.
유년은 뿌리를 내리는 시간.

그 뿌리 위에 새잎이 돋고
푸르른 가지들이 하늘을 향해 자라지요.

그 시작엔 항상 봄의 향기가 감돕니다.
삶은 이렇게 싹을 틔우며 시작됩니다.

그러다 불火처럼 타오르는
청춘의 시기가 도래합니다.

청년은 마음속 뜨거운 불씨를 안고
세상이라는 넓은 바다로 나아가지요.
여름의 열정 속에서 꿈을 불태우며
주어진 삶을 뜨겁게 살아갑니다.

이윽고 흙土처럼 머무르는 전환의 순간.
땅은 우리에게 쉼을 가르치고
어제와 내일을 잇는 힘을 가르쳐줍니다.

봄과 여름을 지나며 지친 자에게는
안정의 편안함을 느끼게 하지요.
여기서 비로소 깨달음이 깃듭니다.
삶에서는 멈추고 쉬는 법도 배워야 한다는 걸.

금金의 시간은 가을로 물듭니다.
중년은 다듬어진 금속의 결실이지요.

무르익은 열매처럼 삶의 결실을 돌아보고
불필요한 가지는 과감히 쳐내며
남은 것에 감사하는 법을 배웁니다.
우리의 삶 속, 그 황금빛 시간에는
삶이 정제되고 깊어지는 성숙이 자리하지요.

이제 겨울의 흐름 같은 수水의 길에 접어듭니다.
삶은 물처럼 흘러가며
모든 것을 받아들이고, 다시 흘려보내지요.

인생의 끝자락은 물의 유연함 속에서
모든 것을 품고 또 떠나보내는 것.
새로운 생명으로 돌아오는 강물처럼
우리는 그렇게 다시 시작의 씨앗이 됩니다.

나무의 푸름, 불의 열정,
흙의 포근함, 금의 단단함,
그리고 물의 깊이를 담아
삶은 이 모든 것을 끌어안고 흘러갑니다.

우리의 인생은 오행의 순환 속에서
새로이 자라나고, 타오르고, 뿌리를 내리며
그렇게 완전한 원을 그려가지요.

27

크게 흥하게大吉 되리라

주역周易의 64괘 중
3대 대길大吉 괘가 있습니다.
이 3대 대길 괘는
좋은 징조가 있을 것임을
우리에게 알려주는 반가운 괘이지요.

우선, 11번째 괘 지천태地天泰입니다.
땅이 하늘을 향해 올라가고,
하늘은 아래로 내려오는 괘입니다.
상하가 소통하고 조화를 이룰 때,
서로에게 열린 마음으로 접근할 때,
인생에서 번영의 시기를 누릴 수 있음을 말해줍니다.

그다음, 13번째 괘 천화동인天火同人입니다.
하늘 위에 불이 타오르는 모습의 괘입니다.
불이 하늘에 떠 있으니 그 빛을 더 널리 퍼뜨리지요.
혼자가 아니라 여러 사람과 손잡고 나아갈 때
큰 길이 열리고 더 큰 목표에
도달할 수 있음을 말해줍니다.

마지막으로, 26번째 괘 산천대축山天大畜입니다.
높은 산과 하늘이 마주한 모습의 괘입니다.
하늘은 뒤로 물러나고
산은 굳건하게 자리를 지키는 형상이지요.
무엇이든 한 번에 이루어지지 않고
축적하고 준비하는 시간이 필요함을 말해줍니다.

3,000년이 넘은 우주의 섭리를
담고 있는 주역은 우리에게 말합니다.
혼자서 하루아침에 이룰 수 있는 성취는 없음을.
열린 마음으로 함께 묵묵히 걸어간다면
크게 흥하는 대길의 순간이 반드시 온다는 것을.

28
운그릇의 크기

누군가는 이렇게 말하지요.
“사람은 타고난 그릇이 있다”라고.
그 그릇 안에서 우리는
살아가게 된다고요.

저도 이 말에 어느 정도는 동의합니다.
타고난 그릇이란 것이
분명 존재하지요.

하지만 제가 운명 상담을 통해 경험한 바에 따르면
그리고 다른 운명학자들의 이야기를 들어보면
타고난 그릇보다 10배 더 큰 삶을 살 수도 있고

반대로 10배 덜 살 수도 있더라고요.

10억의 그릇을 가진 사람도
노력과 운이 따라주면
100억을 얻을 수도 있고
반대가 되면 1억으로도 살아갈 수 있습니다.

지금보다 몇 배 더 높은 삶이 되면
나는 과연 행복할까요?

최대 10배까지 가능하다는 그 말 안에서
나는 무엇을 꿈꾸었나요?

10배의 가능성 안에서
스스로의 운명을
새롭게 만들어가세요.

29
오복五福된 삶

오복이란
첫째는 수壽, 오래도록 사는 것,
둘째는 부富, 넉넉하게 사는 것,
셋째는 강녕康寧, 병 없이 건강한 것,
넷째는 유호덕維好德, 덕을 나누며 사는 것,
다섯째는 고종명考終命, 삶의 끝에서 조용히 눈을 감는 것.

오복을 지닌 삶은
빛나고 화려한 삶이 아닌,
마치 강물이 바다로 흘러가듯 자연스러운 삶입니다.

강물은 쉼 없이 흐르고,
가끔 목마른 이를 적셔주기도 하고,
바위에 부딪히면 부드럽게 피해 흐르기도 합니다.
그리고 마침내 넓은 바다에 이르러
하나 되어 안깁니다.

세상의 흐름에 거슬러 오르지 않고,
바다에 닿을 때까지
그저 자연스럽게 나아가는 것이
오복된 삶입니다.

30
운이 쌓이고 있어요

어젯밤 잠들기 전까지
꽃봉오리 속에 숨어 있던 꽃,
아침이 되어 보니 활짝 피어 있었습니다.

그 꽃은 보이지 않는 날들 속에서
지치지 않고 매일매일 준비해왔겠지요.

우리는 그저 하룻밤 사이에 '짠' 하고
꽃이 피어난 것처럼 느낄 뿐입니다.

운도 그렇습니다.

갑자기 행운이 '짠' 하고 나타난 것처럼 보여도
사실은 하루하루 쌓아온 노력들이
때가 되어 한순간에 찾아오는 거예요.

내 선택과 노력은 결코 헛되지 않고
조용히 쌓이고 있습니다.

그리고 어느 날 아침,
꽃이 피어나듯 나에게도
그 행운이 찾아올 거예요.

내 선택과 노력은 결코 헛되지 않고
조용히 쌓이고 있습니다.

그리고 어느 날 아침,
꽃이 피어나듯 나에게도
그 행운이 찾아올 거예요.

31

행운이 향하는 곳

두 사람이 나란히 서 있습니다.
그들 앞에 단 하나의 행운이 있습니다.

이 행운은 누구에게 갈까요?
행운은 더 행복한 사람에게로 향할 것입니다.
왜냐하면 행운은 행복에 이끌리거든요.

행운은 늘 따뜻한 온기로 향하고
행복한 마음에 닿기를 원합니다.

반대로 불운은 불행을 향합니다.
불행은 불운을 부르고

그들은 같은 흐름 속에서 함께 움직입니다.

행운과 행복, 불운과 불행은
모두 같은 맥락 위에서 춤을 춥니다.
그러니 스스로를 행복한 상태로 만들어보세요.

그러면 어느 순간,
당신 곁에 행운이 와 있는 것을 발견할 거예요.
행운은 늘 행복한 마음을 찾아오는 법이니까요.

32

운을 소중하게 다루기

성공을 하려면
운과 능력이 함께 있어야 해요.

하나만 가지고선 오래가지 못하고
잠시 머물다 사라지더라고요.

운은 소중하게 여기고 잘 키울 때라야
그 운이 내 곁에 오래도록 머물고
더 넓게 확장될 수 있습니다.

운을 소중히 다루기 위해서는
세 가지가 필요해요.

첫째는 경청입니다.
진리의 소리에 귀를 기울일 줄 아는 것,
세상의 소리에 마음을 열어놓는 것이지요.

둘째는 겸손입니다.
상대방에게 존중과 예의를 지키고
자신을 낮추는 가운데에서도
당당함을 잃지 않는 것이지요.

셋째는 베풂입니다.
감사함을 알고, 그 감사함을 다시 나누는 것,
받은 것을 다시 돌려줄 줄 아는 마음이
운을 더 크게 키우는 비결입니다.

운은 겸손하게 다스리고
능력은 묵묵히 쌓아나가며
그 두 가지가 어우러질 때,
비로소 우리는 진정한 성공을 맞이할 수 있어요.

33
좋은 운과 덜 좋은 운

'운運'이라는 한자를 들여다보면,
그 안에 군사 '군軍'이 들어 있습니다.

군대는 위에서 명령이 내려오면
그대로 따르는 상명하복의 조직이지요.
즉, '운運'이라는 한자에는
'받아들이고 따르라'는 의미가 담겨 있는 것입니다.

우리는 운의 물결 속에
그저 몸을 맡길 수밖에 없지만
그 물결 속에서 내가 누구인지,
어떻게 나아갈지를 선택하는 것은 내 몫이지요.

추운 겨울이 오면
따뜻한 코트를 입을 수 있어서 좋고
언덕길을 걸어야 할 때는
운동을 할 수 있으니 좋습니다.

하늘에서 내려온 운은 바꿀 수 없지만
그 운의 좋고 나쁨을 결정하는 것은
결국 우리 자신이에요.

오늘부터는 '좋은 운'과 '나쁜 운'이 아니라
'좋은 운'과 '덜 좋은 운'이 있다고 생각해봐요.
하늘이 내린 운의 의미는 내가 정하는 것이니까요.

34

행운은 크게, 불운은 작게

하늘에서 지폐가 떨어지면
어떤 사람은 두 손으로 받지만
다른 사람은 포대 자루에 담습니다.

어떤 이는 차에 치여 다치고
다른 이는 돌에 걸려 살짝 넘어질 뿐이지요.

행운이 당신에게 다가온다면
포대 자루를 준비해 크게 받아들이세요.

피할 수 없는 불운이 찾아온다면
살짝 비껴 맞을 수 있도록 준비하세요.

정해진 운명을 막을 수는 없지만
어디에 서 있을지,
어떻게 맞이할지는 선택할 수 있습니다.

운명은 막을 수 없는 흐름이지만
그 흐름 속에서
우리가 선택할 수 있는 것들이 있으니
행운은 크게,
불운은 작게
그리 살아가면 좋겠습니다.

35
징조

러시아 소설가 안톤 체호프는 이런 말을 했어요.
“연극의 1막에서 총이 등장하면,
그 총은 연극이 끝나기 전에 반드시 발사된다.”

우리 인생도 이와 같습니다.
어떤 일이 일어나기 전에는
반드시 그 징조가 있습니다.

좋은 징조는 놓치지 말고
기회로 만들어야 하고
안 좋은 징조는 미리 알아차려
피해야 하지요.

행운은 우리 곁에 잠시 머물러 있다가
우리가 잡아주기를 기다립니다.
불운은 어딘가에서 천천히 다가오지만,
우리는 눈치채고 피할 수 있어요.

그렇게 행운을 잡고 불운을 피하면
우리에게는 결국 행운만 남을 테지요.

인생은 언제나
크고 작은 신호들로 가득 차 있습니다.

그 신호에 귀 기울이면
더 나은 내일로 가는 문을 찾을 수 있어요.

36
등골이 서늘해지는 순간

높은 낭떠러지에서 아래를 내려다보면
떨어질까 등골이 서늘해집니다.

운의 흐름이 떨어지려고 할 때도
본능적으로 비슷한 느낌을 받아요.

그때는 이것 한 가지만 기억하세요.
'욕망을 누르기.'

욕망은 처음엔 작은 불씨 같지만,
그 불씨가 타오르면
우리는 그 불 속에서 길을 잃기 쉬워요.

인생은 한 번에 잘 풀리는 경우보다
한 번에 무너지는 경우가 많더라고요.

욕망은 우리에게 속삭입니다.
조금만 더, 한 발짝 더.

하지만 그 한 발짝이
때론 우리를 절벽 끝으로 이끌기에
우리는 욕망을 다스려야 합니다.

더 큰 것을 얻으려다
소중한 것들을 잃지 않도록 말이지요.

그러니 잘됐을 때를 위해
지금 이 사실을 꼭 기억하세요.

'등골이 서늘해지면 욕망을 누른다.'

37

그림자 위에 꽃피우기

머릿속에 걱정과 불안이 가득할 때는
잠깐만 멈추고 10분만 시간을 내보세요.

과거의 불행과 행복,
현재의 걱정,
미래의 기대를
차분히 적어보세요.

그리고 지금 해야 할 일,
한 달 후 해야 할 일,
1년 후의 목표를 천천히 써보세요.

그렇게 적다 보면 알게 될 것입니다.
우리 마음을 무겁게 하는 그 95%의 걱정들이
지금 당장 고민할 필요가 없는 것들이라는 사실을요.

걱정과 불안은 잠시 머물다 사라질 구름일 뿐이지만,
그것들이 쌓이면 따스한 햇살이 닿지 못합니다.

걱정의 흐린 구름을 말끔히 걷어내세요.
그리고 지금 나아가야 할 길이 보인다면
그 길 위에 먼저 발을 내딛어보세요.

첫 발걸음이 기회에 닿는 순간
잘될 운명의 문이 열리는 거예요.

걱정은 움직이지 않는 그림자이지만,
실행은 희망을 싹티우는 손길이거든요.

걱정과 불안은
잠시 머물다 사라질 구름일 뿐이지만,
그것들이 쌓이면
따스한 햇살이 닿지 못합니다.

38

묻고 또 물을 수 있어요

세상에 많은 생명이 있으나
오직 인간만이 스스로에게 질문합니다.

깊은 밤 어둠을 밝혀주는 달빛처럼
자신을 향해 물음을 던질 수 있지요.

내 인생의 길은 어디로 이어지나,
내 꿈은 무엇을 속삭이고 있나,
내 마음과 존재는 어디에 닿아 있는가.

묻고 또 물을 수 있습니다.

그 답을 찾는 여정 속에서
나는 나 자신을 발견하지요.

나의 발자국은 스스로 빛나고
어둠을 뚫고 길을 찾아내지요.

그리하여 그 길 위에 서 있는 사람이
진정한 '나'임을 알게 됩니다.

39
어슬렁어슬렁

호랑이가 사냥하는 모습을
본 적이 있나요?

천천히 어슬렁거리다가도
목표가 보이면 그 순간
온 힘을 다해 뛰어들지요.

늘 열심히만 달릴 수는 없습니다.
우리는 기계가 아니니까요.

호랑이처럼 기회가 오기 전에는
어슬렁거리며 힘을 모아두는 거예요.

언제든 달려 나갈 준비만 하면서요.

하지만 기회가 다가오면
그때는 망설이지 말고
혼신의 힘을 다해 달려야 합니다.

어슬렁거리는 여유,
그것도 삶의 중요한 지혜입니다.

40

천년을 살아낸 비밀

천년을 살아낸 고목古木은
밑동은 굵고 튼튼한데
가지들은 빈약하게 펴져 있습니다.

천년을 살아내려고 가지와 잎에 줄 영양을
아끼고 또 아낀 거예요.

겉으로 보이는 것에 너무 마음을 쓰면
기운이 다해 천년을 살지 못할 테니까요.

힘을 꼭 필요한 곳에만 쓰는 것,
그것이 천년을 살아낸 비밀입니다.

41

운명의 수레바퀴

타로카드에는
'운명의 수레바퀴'라는 카드가 있습니다.

그 수레바퀴는 돌고 돌며
사람을 위로 올리고,
때로는 다시 아래로 떨어뜨리지요.

수레바퀴의 위에 있을 때,
우리는 성공과 행복을 맛보지만
수레바퀴가 내려갈 때,
불행과 시련이 우리를 찾아옵니다.

삶이란 본디 그렇게 끊임없이 움직이는 것.
한두 번 아래로 떨어져보면
'왜 나에게 이런 일이 일어나는가?' 하고
억울함과 분노 속에 잠시 발목이 묶이기도 하지요.

그러다 그 수레바퀴가 몇 번 더 돌면
그 변화를 담담히 받아들이고
행운도, 불운도 영원하지 않다는 것을 깨닫습니다.

오늘도 수레바퀴는 돌아갑니다.
운명은 예측할 수 없는 것이니
그것이 우리 삶을 흔들지라도
초연함을 잃지 않도록 노력해보세요.

돌아가는 운명의 수레바퀴 위에서
스스로를 잃지 않고
삶이 던져주는 모든 것을
온전히 받아들일 수 있을 때,
비로소 운명의 굴레에서 자유로워집니다.

42
억울하게 맞은 화살

인생을 살다 보면
억울하게 화살을 맞을 때가 있지요.

'왜 하필 나에게 이런 일이?'
그 이유를 찾으려 몸부림치며
밤을 지새우기도 합니다.
그 시간 동안 마음은
괴로움 속에 지쳐만 가지요.

부처님께서는 이렇게 말씀하셨습니다.

독화살을 맞았다면

그 화살이 어디서 왔는지,
누가 쐈는지 묻기 전에
우선 내 몸에 박힌
화살부터 빼야 한다고요.

이유와 원인에 집착하기보다
지금의 나, 그리고
앞으로 살아갈 내가 더 중요합니다.

내가 살아남는 것이
내 괴로움의 이유보다
더 중요한 일입니다.

43
운을 여는 방법

역술계에는 기을임 삼식奇乙壬 三式
하나에만 능통해도
신선이 부럽지 않다는 말이 있습니다.

기을임이란 기문둔갑, 태을수, 육임학을 뜻하는데요.
이 중 기문둔갑奇門遁甲을 최고의 법식으로 칩니다.

기문둔갑은 미래를 그저 맞추는 것이 아니라
미래를 스스로 만들어내는 법이기 때문이지요.

"새벽 5시에 동쪽으로 혼자 가서
동남쪽 방향을 보면서 12시간 동안 머물러보라."

기문둔갑의 점사는 이런 식으로 나옵니다.
이것을 운을 여는 기법,
즉 개운술開運術이라고 합니다.

비가 내리는 하늘은
우리가 바꿀 수 없지만
우산을 준비할 수는 있습니다.

우리 마음에 일어나는 감정을
막기는 어렵지만
그 감정이 흘러갈 곳은 바꿀 수 있지요.

운명은 단지 따라가는 것이 아닙니다.
우리 발끝에서 시작되는 또 다른 이야기,
그것이 바로 우리가 열어가는
운명의 길입니다.

44

참된 풍요

가끔은 나 자신에게
작은 선물을 해주세요.

저는 평소에 봐두었던
흰색 운동화를 하나 샀어요.
그걸 신고 문 밖을 나서면
마음이 한결 가벼워집니다.

작은 선택이 주는 기쁨이란,
그리 크지 않아도 충분하지요.

저는 가끔 혼자 분식집에 가서

떡볶이, 튀김, 순대, 콜라를 시켜 먹곤 합니다.
어릴 적 용돈을 아끼느라 누리지 못했던 작은 사치를
이제는 마음 편히 누릴 수 있어서 좋아요.

풍요를 누리는 것은
꼭 돈이 많아야 가능한 것이 아닙니다.
내가 가진 것 속에서도,
지금 이 순간에도
충분히 풍요로울 수 있어요.

작은 것들 속에서 행복을 찾는 법,
그게 바로 우리가 누릴 수 있는
참된 풍요입니다.

45
좋은 소식에 익숙해지기

"합격을 축하합니다.
추후 일정은 개별 통보 드리겠습니다."

"제가 계약할게요.
계좌 번호 보내주세요."

좋은 소식을 기다리고 있다면
매일 나 자신에게 그 소식을 보내보세요.
마치 오늘 당장 들을 것처럼요.
좋은 소식을 미리 익숙하게 만드는 것입니다.

익숙해진다는 것은

그 파동이 점점 강해진다는 뜻이에요.

그 파동이 촘촘하고 단단해지면
결국 그것은 현실이 되지요.

길을 잃은 것 같을 때,
심신이 지쳐갈 때,
이런 메시지는 마음의 방향을 잡아줍니다.

좋은 소식이 익숙한 사람,
그 사람이 결국 그 소식을 듣게 됩니다.

46

마음이 머무는 곳이 운명이다

운명은 마음먹는 순간부터
서서히 달라지기 시작합니다.

이름을 정한 그 순간,
그 이름의 기운이 내 삶에 스며들고
이사할 집이나 사무실을 선택한 순간,
그 자리의 기운이 나에게 닿기 시작하지요.

심지어 죽음 후 묻힐 자리마저도
그곳을 결정하는 순간부터
그 자리의 기운이 나를 향해 흘러들어온다지요.

그러니 내 마음과 정신이 어디를 향하고 있는지
늘 바라보아야 합니다.

마음이 머무는 곳에
운명은 서서히 그 길을 열어가니까요.

내가 바라보는 곳을 먼저 바꿔보세요.
밝고 높은 곳을 향해 시선을 두면
운명도 그곳을 향해 흘러갈 것입니다.

삶의 방향은 결국,
마음이 선택하는 것.

내가 꿈꾸는 곳,
그곳에 내 운명이 닿게 될 것입니다.

47
내가 서 있어야 할 운 좋은 자리

운이 좋은 사람들에게는
공통점이 있습니다.

본인이 있어야 할 자리에
시기적절하게 서 있을 줄 아는 것이지요.

나를 필요로 하는 자리,
내가 능력을 발휘할 수 있는 자리,
귀인을 만날 수 있는 자리에 서는 것입니다.

더 현명한 사람은
무덤이 될 자리는 피해 갑니다.

억울한 일을 당할 자리,
악연을 만날 수 있는 자리,
자제하기 어려운 자리도 피해 가지요.

행운과 불운은
어디에 서 있느냐에 따라 결정됩니다.

어디에 서 있을지,
무엇을 선택할지,
그것이 우리의 운명을 가릅니다.

48

운명의 바다를 항해한다는 것

인생은 운運이라는 바다 위를
명命이라는 배를 타고 떠나는 여정입니다.

타고난 배는 바꾸기 어렵지만
순풍을 만나고 파도를 피해 가며
무탈하게 가고 싶은 곳으로
항해할 수 있지요.

혼자라면 바다는
끝없이 펼쳐진 망망대해일 테지만
함께하는 배가 있다면
그 여정은 곧 여행이 됩니다.

같은 하늘 아래
같은 바람을 맞으며
웃음과 이야기 속에
시간은 부드럽게 흘러가지요.

때로는 예상치 못한 태풍을 만나
배가 흔들리고 난파할 때도 있습니다.

하지만 그 순간을 견뎌낸 사람에게는
우주가 더 크고 튼튼한 배를 선물해줍니다.

태풍은 우리를 시험하는 것이 아니라
더 큰 배를 운전할 자격이 있는지를
묻는 과정일 뿐입니다.

운명에는 정답이 없고
완전히 정해진 것도 없습니다.

어떤 이는 바다 위에
유유히 머무는 인생을 선택하고,

또 다른 이는 태풍과 파도를 뚫고
보물섬을 찾아 나서는 인생을 꿈꾸지요.

운명의 바다 위에서
우리는 각자의 항해를 합니다.

바람이 불고 파도가 치더라도
선장이 마음먹은 대로
배가 그 마음을 따라간다면
그 운명의 배는 이미 잘 가고 있는 것입니다.

인생은 운運이라는 바다 위를
명命이라는 배를 타고
떠나는 여정입니다.

49

당신은 꼭 잘될 거예요

천운天運을 움직이는
방법이 하나 있어요.

그것은 바로 간절함입니다.

간절한 마음을 담아 기도하면
그 마음의 파동이 하늘에 닿아
천운을 움직일 수 있지요.

그리고 한 명이 아닌 여러 명이
같은 간절함을 품고 기도해준다면
그 힘은 한층 더 커져서

천운도 더 쉽게 움직입니다.

“너는 꼭 잘될 거야.”
“다른 사람은 몰라도 너는 잘돼야 해.”

이런 말을 많이 듣는 사람은
하늘이 그 간절한 마음들을 알아주고
천운을 내려 성공을 허락하게 됩니다.

이 글을 읽는
“당신은 꼭 잘될 거예요.”
간절한 마음 담아 기도 드립니다.

잘 지낼 운명

고등학교 시절, 집으로 돌아오는 길에 유독 신경 쓰이는 가게가 하나 있었습니다. 거울 가게였지요. 그곳을 지나칠 때마다 커다란 거울에 비친 제 얼굴이 눈에 들어왔습니다. 아토피 피부염이 심했던 저는 거울에 비친 제 얼굴을 볼 때마다 마음이 좋지 않았습니다. 그래서 언제부터인가 길을 빙 둘러 돌아가곤 했습니다.

'내가 내 얼굴을 보는 것도 이리 불편한데 다른 사람들은 나를 어떻게 볼까?' 이런 생각으로 인해 제 마음에는 늘 그늘이 져 있었습니다. 그 그늘 아래에는 사람들과 잘 지내고 싶은 소망을 품고 있는 한 아이가 몸을 웅크리고 앉아 있었지요.

제가 중학교를 다니던 시절, '삐삐'가 유행했습니다. 저는 삐삐가 자주 울리는 친구가 부러웠습니다. 제 삐삐는 그 시절 하루에 한 번도 울리기 어려웠으니까요. 학교에서 친구들과는 그럭저럭 잘 어울렸지만 태생적으로 외로운 영혼을 타고

난 것인지 선뜻 연락이 먼저 오진 않았지요.

저는 환영받는 사람이 되고 싶었습니다. 어느 자리에 가도 사람들이 저를 반겨주길 원했고, 많은 사람으로부터 연락을 받고 싶었습니다. 사람들과 잘 지낼 운명으로 살고 싶었던 것이지요. 그리고 행운처럼 20대 중반 이후에 아토피 피부염이 사라졌고, 운명처럼 만난 타로카드 덕분에 많은 사람이 제게 타로카드 상담을 받고자 연락을 주었습니다.

타로카드 덕분에 하루에 수십 명으로부터 연락을 받게 된 저는 꿈을 이룬 것 같았습니다. 어렸을 때부터 인간관계를 맺는 데 한이 맺혔기 때문인지 30대 시절의 저는 많은 사람과 잘 지낼 운명으로 마음껏 살았습니다. 그런데 사람들은 저를 찾는 게 아니라 제가 들고 있는 타로 카드를 찾는 것이었음을 깨닫고 나자 그 많은 연락에도 마음이 텅 비어갔습니다.

그때부터였습니다. 저는 사람들과 잘 지낸다는 것의 진짜 의미를 진지하게 고민하기 시작했습니다. '어떤 사람과 어떻게 만나는 것이 잘 지내는 걸까?', '꼭 사람을 만나야만 잘 지내는 걸까?' 이런 고민들을 하다 보니 아이러니하게도 지금은 혼자 있는 시간이 많아졌습니다. 꼭 필요한 사람들, 정말 내가 원하는 만남만 가지게 되었지요. 오랜 시간 다른 사람들과 잘 지내는 데 집중하다 보니 정작 나 자신과는 잘 지내지 못했다는 사실을 깨달았기 때문입니다.

나 자신과 시간을 보내고, 나 스스로와 잘 지내다 보면 더 성숙해진 인연들이 자연스럽게 찾아온다는 것도 알게 되었습니다. 이것은 마치 밤에 깊은 잠을 자고 나면 다음 날 밝은 아침이 찾아왔을 때 더 활기차게 하루를 살아갈 수 있는 것과 같은 원리이지요.

제가 정의하는 '잘 지낼 운명'이란, 단순히 다른 사람들과의 관계만을 말하는 것이 아닙니다. 우선 나 자신과 잘 지내는 운명, 그 운명 속에서 참된 인연을 만나 그들과 잘 지내는 운명이 진정으로 '잘 지낼 운명'입니다.

50
세상에 피는 '나'라는 꽃

사주팔자에는 두 개의 길잡이가 있습니다.
하나는 체體로 나의 고요한 뿌리입니다.
변하지 않는 바탕 위에 서 있는 '나',
어디서 왔는지 묻지 않아도 그저 '나'인 것이지요.

체體를 알고 싶다면 스스로 물어보세요.
"나는 어떤 사람인가?"

다른 하나는 용用으로
체體 위에 피어나는 나의 얼굴입니다.
때로는 딸로, 때로는 친구로
세상 속에서 누군가의 앞에 선

나의 또 다른 모습이지요.

용用을 알고 싶다면 스스로 물어보세요.
"나는 무엇을 하고 있는가?"

체體가 너무 강하면 깊이 뿌리를 내려도
빛이 닿지 않는 나무가 되어
홀로 서 있는 나를 보게 됩니다.

용用이 너무 강하면 향기는 나지만
뿌리가 깊지 않은 나무의 꽃잎처럼 흩어져
바람 따라 떠도는 나를 보게 됩니다.

그러니 나는 누구인지,
오늘은 어디서 피어나는지
끊임없이 물어보세요.

체體와 용用이 함께하는 길 위에서
뿌리 깊은 나무 위에
흐드러지게 피어나는 꽃을 보게 될 것입니다.

그 향기에 사람들이 모여들겠지요.

삶이란,
흔들림 없이 나를 알고
날마다 새롭게 피어나는 길입니다.

51

인연이 남는 자리

좋은 사람이 다가왔을 때
내가 그이를 맞을 준비가 되어 있지 않으면
그 인연은 바람처럼 스쳐 지나갑니다.

꽃잎이 피었다가
때를 놓쳐 흩어지는 것처럼
준비되지 않은 마음에는
인연이 그리 오래 머물지 못합니다.

지금 혼자 있는 이 시간,
외롭다고 느끼는 순간이야말로
내면을 채울 시간입니다.

비어 있는 마음은 쉽게 흔들리고,
채워지지 않은 마음은 쉽게 무너지거든요.

그러니 혼자인 동안
스스로를 사랑하고
자신에게 충만한 행복을 주세요.

사랑은 외부에서 오는 것이 아니라
이미 내 안에 존재하는 것을
다른 이와 나누는 것이니까요.

우리의 마음이 준비되어 있을 때,
인연도 비로소 그 자리에
오래 남는 법입니다.

우리의 마음이 준비되어 있을 때,
인연도 비로소 그 자리에
오래 남는 법입니다.

52

인생의 배산임수

내 삶에 산처럼
변하지 않는 사람이 있다면
그 사람은 내 인생의 버팀목입니다.

어려운 날에도 언제나
묵묵히 그 자리에서
기꺼이 제 등을 내어주는 사람,
그런 산 같은 사람이
곁에 있으면 좋겠습니다.

산이 되려면 오랜 시간이
쌓이고 쌓여야 합니다.

어쩌면 그 사람은
그 자리에 오래전부터 있었고
내가 돌고 돌아
그의 앞으로 왔을지도 모릅니다.

산 같은 사람이
곁에 있다는 것만으로도,
이미 꽉 채워진 사람이
있다는 것만으로도
나는 마음 편히
먼 여행을 다녀올 수 있겠지요.

산 같은 사람을 만났다는 것은
나의 덕德이 산만큼
쌓였다는 증거이기도 합니다.

내 삶에 물처럼 다가와주는 사람이 있다면
그이는 내게 새로운 것을 가져다주고
마음의 갈증을 적셔주기도 하겠지요.

그리고 때가 되면
물 흐르듯 떠나보낼 수 있는
그런 사람이 곁에 있으면 좋겠습니다.

물은 때가 되면 스스로 흘러가고,
때가 되면 스스로 돌아옵니다.

때가 되어 피어난 꽃은
때가 지나면 떨어지는 법.

그러니 시절 인연의 오고 감에
마음을 두지 말아야 할 것입니다.
함께한 시간 동안 그이가 내게
남겨준 향기에 감사할 따름입니다.

내 인생에 산이 되어주는 사람과
물처럼 흐르는 사람을
제대로 알아볼 수 있는 눈이 있다면
세상 풍파에 온 생이 흔들려도
내 마음은 언제나 고요하고

기쁨과 풍요가 물길처럼
나를 찾아오는 삶이 되겠지요.

산처럼 변치 않는 사람과
물처럼 다가와주는 인연,
그 둘이 어우러지는 자리가
바로 인생의 배산임수背山臨水,
내 삶의 명당明堂일 것입니다.

53
근사하게 행복했던 순간

근사하게 행복했던 기억이 있나요?
아주 오래전의 일이어도 괜찮습니다.

잠시 시간을 내어
그 순간들을 떠올려보세요.

저는 생각해보니
부모님을 좋은 식당에 모셨을 때,
존경하는 선생님 앞에서
어려운 질문에 멋지게 답했을 때,
아이의 고장 난 장난감을 고쳐주자
아이의 얼굴에 웃음이 피어났을 때,

그런 순간들이 제 기억 속에 남아 있더라고요.

그 기억들을 정리하면서
하나의 공통점을 찾았습니다.

내가 가진 것을 사랑하는 사람에게
인정받거나 나누었을 때
근사하게 행복했다는 사실을요.
그것이 바로 제가 진정으로 원하는 것이더라고요.

그러니 지금 스스로에게 물어보세요.
내가 진정으로 원하는 것은 무엇인가?

그 답은 어쩌면 이미 나의 기억 속에,
근사하게 행복했던 순간들 속에
숨겨져 있을지 모릅니다.

54

세상은 나를 비추는 거울

지금 당신이 만나는 사람들이 좋은 사람이라면
아마 당신도 좋은 사람일 거예요.

우리 마음은 서로를 비추는 거울 같아서
나에게 잘해주는 사람에게는
보통 나쁘게 대할 수 없기 때문입니다.

내가 먼저 그들에게 좋은 사람이었기에
그들도 나에게 좋은 사람이 되어준 것이지요.

웃음은 웃음으로 돌아오고
친절은 또 다른 친절을 불러옵니다.

세상은 내가 내보인 모습만큼
나를 비춰주는 거울이지요.

모든 것은 나로부터 시작됩니다.
우리가 만드는 인연은
스스로가 어떤 사람인지에 대한
가장 진실한 답이 되지요.

그러니 먼저 웃어주고,
먼저 마음을 내어주세요.

당신의 곁에는 따뜻한 마음들이
더욱 환하게 피어나게 될 거예요.

55
그땐 정말 고마웠어

진짜 고마웠던 이들을 떠올려보면
내가 가장 힘들 때
선뜻 손을 내밀어줬던 사람들이었습니다.

남들이 다 안 될 거라고 말할 때
조용히 다가와
"너는 할 수 있어"라고
용기를 줬던 그 사람,

정말 급하고 절박할 때
선뜻 도움을 주었던 그 사람,

외로울 때 함께 시간을 보내주며
결을 지켜줬던 그 사람이지요.

내가 아끼는 사람 중에
지금 힘든 시기를 보내는 사람이 있다면
바로 연락해서 당신의 따뜻한 힘을 전해주세요.

시간이 지나 그 사람은 분명 말할 거예요.
"그땐 정말 고마웠어."
그러니 주저하지 말고
지금 그 손길을 내밀어주세요.

그 순간이야말로
시간이 지나도 빛을 잃지 않고
당신, 그리고 그이의
가슴에 머물러 있을 거예요.

56

내 마음을 가치 있게 쓰는 법

세상의 많은 일들이
8:2 법칙에 따라 이루어지곤 하지요.

20%의 노력이 80%의 결과를 만들어내고
20%의 사람이 우리에게
80%의 기쁨과 도움을 줍니다.

내가 알고 있는 20%의 사람들,
그들이 내 삶의 대부분을
빛나게 해주는 사람들일 거예요.

그러니 모든 사람에게

똑같이 마음을 나눠주려 하지 마세요.

나의 마음이 한 잔의 물이라면
바다에 물 한 줌을 더하는 것보다
화초에 물 한 줌을 주는 것이
더 지혜로운 일이니까요.

57
'같은 마음'은 기적

"내가 좋아하는 사람이
나를 좋아해주는 건 기적이야."

《어린 왕자》에 나오는 이 한마디는
우주의 비밀을 담고 있습니다.

같은 마음의 인연은
단순한 우연이 아니에요.
수많은 인연이 흩어지고 얽히며
억겁의 시간 속에서 서로를 찾아온 것이지요.

기다림도 있었고

헤어짐도 있었으나
지금 이 순간만큼은
모든 시간이 이 만남을 위해
준비되었음을 알 수 있습니다.

인연은 그렇게 소중한 것입니다.
아주 먼 길을 돌아왔기에
지금 이 만남은 더욱더 빛나는 거예요.

그러니 서로의 마음을 소중히 여기고
그 인연을 오래도록 지켜나가세요.

살아가는 동안
우리가 만나게 될 수많은 사람 가운데
이렇게 같은 마음을 나눌 수 있는 인연은
쉽게 찾아오는 게 아니니까요.

함께 나눈 마음, 그 기적은
마치 세상을 밝히는 빛처럼
서로의 존재를 빛나게 할 것입니다.

기적은 바로 여기,

이 순간 속에서

숨 쉬고 있음을 기억하세요.

58

확실한 사람 세 명을 곁에 두면

새로운 인연을 만난다는 것은
설렘과 함께 걱정을 안고 가는 여정과 같습니다.

그 사람은 진정 믿을 만한 사람일까?
내가 괜히 상처를 입지는 않을까?
이런 질문들이 우리의 마음을 흔들리게 하지요.

그럴 때, 흔들리는 마음을 붙들어 매는
한 가지 지혜로운 방법이 있습니다.

나를 가장 잘 알고 아끼는 가족이나
친구 세 명에게 그 사람을 소개해보세요.

그중 두 명 이상이 좋다고 말한다면
그 인연은 검증을 통과한 셈입니다.

대개 셋의 마음은 하나로 모일 거예요.
그러니 새로운 인연을 만나기 전,
나의 확실한 사람 세 명을 먼저 곁에 두세요.

그들이 곧 나를
바른 인연으로 이끌어줄
나침반이 될 거예요.

59
마음이 동시에 일어날 때

문득 머릿속에 떠오른 사람이 전화를 걸어올 때,
우연히 집어든 책에서 내가 찾던 답이 있을 때,
꿈에서 본 장면이 현실로 펼쳐질 때,

우리 마음이 이렇게 속삭이지요.
'이건 그저 우연이 아니야.'

이러한 현상을 두고
동시성Synchronicity이라 말합니다.
우연으로 보이는 일들이 사실은 이처럼
서로 의미 있는 연결을 지니고 일어나는 것이지요.

우리의 의도가 세상 속에
심어놓은 씨앗에서 싹이 틀 때,
우주는 동시성을 통해 우리에게 속삭이지요.
'이 인연을 놓치지 마.'

마음속 울림이 있는 우연,
잔상이 남는 우연,
반복되는 우연.
이것은 우연을 가장한 선물 같은 인연입니다.

나의 바람에 우주는 살며시
길가에 작은 꽃을 놓아두지요.
그 작은 꽃을, 서로를 향한 신호를
가벼이 혹은 무심히 지나치지 마세요.

모든 인연은 하나의 길잡이처럼
우리의 삶에 온 것입니다.

60
오랫동안 머물러주길 바란다면

꽃을 보고 예쁘다고 말해주면
그 꽃은 오래도록 피어 있습니다.

하지만 밉다고 자꾸 말하면
그 꽃은 어느새 고개를 떨구고 맙니다.

사람도 마찬가지입니다.
내 곁에 오랫동안
머물러주길 바라는 인연이라면
따뜻한 마음을 담은
좋은 말을 많이 해주세요.

말은 단순한 소리가 아니라
마음의 씨앗이자
영혼을 물들이는 힘이 있지요.

“고마워.”
“사랑해.”
“참 훌륭해.”
“넌 정말 예뻐.”
“멋있어.”

우리가 전하는 말과 마음은
그들에게 스며들어
결국 내게 다시 돌아옵니다.

말은 빛이 되고
빛은 다시 길이 되어
우리의 인연을 더 깊은 곳으로 이끌어가지요.

그러니 오늘
당신이 소중히 여기는 사람에게

따뜻한 말을 많이 해주세요.

말은 영혼의 울림이니
그 울림은 멀리서도 메아리처럼 돌아와
우리 마음을 채워줄 것입니다.

61
조화보다는 생화 같은 사람

눈에 띄지 않지만
볼수록 깊이 빠져드는 사람들이 있습니다.

화려하진 않지만
마치 들판에 핀 들꽃처럼
자연스럽고 순수한 매력을 가진 사람들이지요.

아무리 화려해도
마음을 울리지 못하는 사람도 있습니다.
마치 향기 없는 조화처럼요.

화려한 조화보다는

흙을 딛고 자라난 생화가 더 아름답지요.

생화 같은 매력은
두 가지에서 시작됩니다.

진정성과 당당함.

상대를 진심으로 생각하고
그 마음에 공감할 수 있는 진정성,
그리고 자기 자신을 믿고 사랑하는
자존감에서 나오는 당당함 말이에요.

화려한 것에 눈을 두지 말고
당신만의 생화를 가꾸세요.
시간이 갈수록 깊이 스며드는
사람이 될 거예요.

62
사랑의 한 조각은 남겨두세요

사람에게 사랑을 줄 때
다 건네주지 마세요.
부디 2%는 남겨두세요.

사랑의 끝이 찾아왔을 때,
남겨둔 여백의 한 조각이 있어야
다시 살아내고 새로운 사랑을 시작할 수 있거든요.

그러나 인생에서 한 번쯤은
가슴속 모든 불꽃을 태워
후회 없이 주어도 좋을,
그런 사랑을 해보세요.

내 마음이 타오르는 그 순간,
별빛처럼 그 사람을 비추는 사랑이
마지막까지 남아
밤하늘에 홀로 빛날 때까지요.

그렇게 온 마음을 다해
사랑하고 난 후에야 깨닫게 됩니다.

그 사람은 모를 텐데,
작은 한 조각도 남기지 않은 내가
얼마나 순수하고 용감했는지.

다음 사람에게 사랑을 줄 때
모두 건네주지 마세요.
부디 작은 조각은 남겨두세요.

다시 살아낼 그날을 위해.

63
편안한 의자

저녁에는 의자를 사지 말라는 말이 있습니다.

해가 질 무렵이면 피곤이 온몸을 감싸고
모든 의자가 편안해 보이기 마련이니까요.

그런데 우리는 어둠이 오기 전에
결정을 서두르곤 해요.

외로울 때 사람을 만나고
힘들 때 일을 구하는 것도
이와 다르지 않습니다.

마음이 지친 순간에 성급히 내린 선택은
오랜 불편과 고통을 불러오기도 해요.

급할수록 돌아가야 한다고 하지요.
좋은 인연은,
그리고 나에게 맞는 일은
언젠가 분명히 올 것입니다.

마치 내 몸에 딱 맞고
편안한 의자처럼 말이에요.

그러니 걱정하지 마세요.
지금 내게 필요한 것은
약간의 기다림과 믿음입니다.

편안한 의자처럼
나의 사람과 나의 일이
나를 향해 다가오고 있습니다.

64
부탁과 거절도 용기입니다

인생을 잘 살아가기 위해서는
두 가지 용기가 필요합니다.

부탁할 수 있는 용기와
거절할 수 있는 용기.

부탁은 나를 더 넓은 세상으로 이끌어주고
거절은 나를 지켜주는 보호막이 되어줍니다.

그러나 이 두 가지 용기를 얻기 위해서는
이 사실을 먼저 알아야 합니다.

나도 부탁을 들어줄 수 있고
때로는 내 부탁이 거절당할 수 있다는 것을요.

부탁하는 순간,
상대에게 나를 열어 보이는 것이고
그 안에는 나를 성장시키려는 의지가 담겨 있습니다.

거절하는 순간,
나는 나 자신을 지키는 성벽을 세우며
그 안에서 나를 보호하는 힘을 얻습니다.

부탁할 때는 열린 마음으로
거절할 때는 흔들리지 않는 마음으로
부탁과 거절 사이에서 균형을 잡을 때,
세상살이가 한결 편안해집니다.

부탁은 나를
더 넓은 세상으로 이끌어주고

거절은 나를
지켜주는 보호막이 되어줍니다.

65
내 마음을 받을 자격

상대가 내 마음을 몰라주고
관심이 없을 때,
마음 한구석이 답답하고
속상하기 마련입니다.

그럴 땐,
내 마음을 돌려 말하지 말고
솔직하게 전해보세요.

"나는 너한테 이렇게 잘해주고
많이 신경 썼는데,
너도 나를 생각해주면 좋겠어"라고요.

그렇게 말하는 것이 관계를 위해 더 낫습니다.

"누가 그렇게 하라고 했어?"라고
상대가 말한다면
그 사람은 아직 내 마음을
받을 준비가 안 된 거예요.

그럴 땐 빨리 알아차리는 게 좋습니다.
그 사람에게 더 이상 마음을 쏟는 것은
헛된 일일 뿐이라는 것을요.

내 마음보다
소중한 건 없어요.

그 소중한 마음을
받아줄 준비가 된 사람에게만
내어주는 것이 삶의 지혜입니다.

66

기다리지 말고 두드리세요

어떤 인연에 미련이 남았다면
먼저 연락을 해보는 것도 괜찮아요.

반갑게 받아줄지,
혹은 연락을 외면할지는
그 사람의 선택입니다.

그리고 우리는 그 선택을
고요히 존중하면 될 뿐이지요.

미련에 사로잡혀
그저 궁금해하기만 하는 마음,

그 마음 때문에
또 다른 행복을 놓치지 마세요.

차라리 문을 두드려보고
그 결과에 순응하는 것이
우리의 마음을 더 편안하게 할 거예요.

문을 두드리지 않는다면
그 마음은 영원히
답을 알지 못한 채 남게 됩니다.

삶은 때로
두드리고 열어보면서
그 안에 담긴 것을
그저 받아들이는 것.

그것이 우리 마음을
평온하게 하는 길입니다.

그러니 두려워 말고 문을 두드리세요.

그 결과가 무엇이든

그 순간부터

새로운 길이 우리 앞에 열릴 거예요.

67 상대가 나와 같을 것이라는 착각

저 사람도 나처럼 열심히 하겠지,
나처럼 솔직하겠지,
내가 좋아해주는 만큼 나를 좋아하겠지.

그런 마음이 우리 안에 자리 잡을 때,
실망이 찾아오고
때로는 배신감이 남기도 하지요.

하지만 상대는 변한 게 아닙니다.
단지 처음부터 나와 같지 않았을 뿐이에요.
그 차이를 깨닫지 못한 것은
그저 나의 착각에 불과합니다.

상대가 나와 같기를 바랐던 순간들,
그 바람 속에서 내가 길을 잃었던 것이지요.

그러니 나와 다른 상대를
온전히 있는 그대로 받아들여보세요.

나의 마음이 편안해지면서
함께 갈 수 있는 새로운 길이 보일 거예요.

68
마음에는 그럴 만한 이유가 있는 법

내 마음이 내 것이라고 생각하면
가끔 이해되지 않는 순간들이 있습니다.

더 이상 볼 수 없다는 걸 알면서도
마음은 자꾸 보고 싶어지고,
이제 그만 화를 멈춰야 함에도 불구하고
마음은 여전히 분노를 끌어안고 있지요.

그럴 때, 너무 애쓰지 마세요.
마음이란 억지로 다스리려 할수록
더 어긋나는 법이거든요.

마음에서 일어나는 감정들은
그저 그럴 만한 이유가 있는 것이니
다만 그 마음의 역동을 가만히 바라보세요.

시간이 지나면
소용돌이치던 감정은 서서히 무뎌지고
우리 마음은 자연스럽게 흐름을 따라가게 돼요.

마치 바람이 불다 멈추는 것처럼
감정도 스스로 지나가는 법이니까요.

69
인정의 힘

서로의 입장만 내세우며
중간 지점을 찾지 못할 때가 있습니다.

그럴 땐 백 마디의 말을 주고받으면서도
끝내 마음은 닿지 않고
벽이 점점 높아져만 가는 것 같지요.

어쩌면 그 벽은
우리의 자존심일지도 모릅니다.

내가 먼저 내 잘못과 아집을 인정하면
눈 녹듯이 사르르 풀릴 일이 많은데

우리는 그 벽 앞에 서서 머뭇대곤 하지요.

있는 그대로 상대를 인정한다는 것은
상대방을 위한 행위가 아니라
나 자신에게 자유를 주지요.

상대를 인정하는 순간부터
내 마음은 다시 가벼워지고
서로를 향한 마음의 문이 살며시 열립니다.

70
함부로 미움을 품지 마세요

고대부터 내려오는 마법에는
두 가지 길이 있었습니다.
바로 흑마법Black magic과
백마법White magic이지요.

흑마법은 타인을 해치고 통제하려는 힘,
부정적인 마음에서 시작됩니다.
우리 안의 미움과 증오가 어둠처럼 모일 때,
그것은 흑마법의 씨앗이 됩니다.

백마법은 치유와 보호를 위한 힘,
누군가를 감싸안으려는 마음이 쌓여서

치유와 보호의 손길로 작용하지요.

여기서 우리는 이 점을 잊지 말아야 합니다.
우리는 결코 단순한 존재가 아니라는 것.

우리는 우주 전체와 연결된,
하나의 작은 우주, 즉 소우주이지요.

우리가 품은 마음은 대우주로 퍼져나가
보이지 않는 파동을 만들어냅니다.
미움과 저주는 대우주에 상처를 내고 균형을 깨뜨리지요.

대우주는 흑마법을 쓴 소우주인 우리에게
다시는 균형을 깨지 못하도록
7배로 증폭된 흑마법을 돌려줍니다.

숫자 7은 신성의 숫자, 완성의 숫자입니다.
성경에서 천지창조가 7일에 걸쳐 이루어진 것을 비롯해
7옥타브, 7차크라, 일주일이 7일로 이어지는 것 등
7이라는 숫자는 순환을 의미합니다.

우리가 내보낸 저주나 미움은
우주를 한 바퀴 돌아
다시 그 시작점인 우리에게 올 때
7배로 커진 힘으로 되돌아오지요.

그러니 절대 흑마법에 손을 대지 마세요.
눈에 보이지 않는 7배의 손해가
결국 내게 돌아오는 것이니까요.

미움과 증오가 마음속에서 일어날 때,
그 순간 마음을 비우고 내려놓으세요.
그 사람을 위함이 아닌,
나를 위함입니다.

71
결국 뒤에서 속삭일 뿐

뒤에서 험담하는 사람들 때문에
속상하고 힘들다는 분들을 만나곤 합니다.

그럴 땐 그들이 어디에 서 있는지
한번 생각해보세요.

그들은 바로
내 '등 뒤'에 서 있어요.

몰래하는 험담을
뒷담화라고 부르는 이유입니다.

시대를 막론하고
앞서 나가는 사람들은
항상 뒤에서 험담을 들어왔어요.
그건 피할 도리가 없는 일이에요.

뒷담화는 뒤에 남겨진 이들의 속삭임일 뿐,
우리가 걸어갈 길에는 그 속삭임이 닿지 않습니다.

그러니 그 소리에 뒤돌아보지 말고
앞으로 더 멀리 나아가세요.
험담은 바람처럼 흩어져버리지만
나의 길은 멈추지 않고 이어질 테니까요.

누군가의 말에 의해 흔들리지 않고
더 멀리, 더 높이 나아가는 것.

그것은 그 어떤 말도 넘어서게 할
나의 진정한 힘입니다.

72

이별의 진리

처음부터 악연인 인연은 없습니다.

그저 머물 시간이 지나고
헤어져야 할 시간을 놓친 순간부터
인연은 어긋나기 시작합니다.

사람과 사람 사이의 기억은
그저 순간의 조각들이지만,
그 조각들이 쌓여
우리는 아름다운 추억을 만들고
때로는 이별의 순간도
아름다움 속에 남겨집니다.

그러므로 서로에게 남겨줄 수 있는
최고의 선물은
기억 속에 머물 아름다운 순간입니다.

그러니 붙잡지 마세요.
그리고 붙잡히지 마세요.

가야 할 때를 알고 가는 이는
그 뒤로 남겨진 자에게
언제나 아름다운 기억으로 남습니다.

그것이 이별의 진리입니다.

73

스스로 흐려질 때까지

사람에 따라 차이가 있겠지만
우리의 기억은 시간이 흐르면서
절반 이상이 지워지거나
혹은 왜곡된다고 합니다.

우리를 힘들게 했던 일들도 마찬가지겠지요.

시간이 지나면 그 기억도
서서히 사라지거나 희미해질 거예요.

그러니 일부러 잊으려고 애쓰지 마세요.
시간이란 추웠던 나날들의 흔적을

서서히 덮어주는 흙과 같습니다.
그 위에 새로운 꽃들이 피어나기 시작할 때,
우리는 더 이상 그 상처를 찾지 않게 되지요.

그러니 그저 시간의 힘을 믿고
상처가 사라질 때까지
애쓰지 말고 천천히
그 시간을 지나가면 됩니다.

그렇게 고요히
기다리는 것만으로도
충분합니다.

삶의 고통이 늘 그렇듯,
흘러가는 시간 속에서
우리는 조금씩 더 가벼워질 거예요.

74
금金이 될 때까지 기다릴 것

아이를 키울 때 가장 중요하면서도 어려운 것이
바로 기다려주는 일입니다.

떼를 쓸 때 진정될 때까지 기다려주고
자기 속도대로 성장할 수 있게 기다려주며
아플 때도 스스로 회복할 수 있도록
충분한 시간을 허락해주는 것.

이 모두가 부모에게는 쉽지 않습니다.
빨리 더 잘해주고 싶고
무엇이든 채워주고 싶은 욕심에
자꾸만 서두르게 되고

기다림이 얼마나 어려운지 깨닫게 되지요.

이는 비단 아이를 키울 때뿐만이 아닙니다.
우리 자신을 대할 때도,
또 다른 사람을 대할 때도
기다림의 미학이 필요합니다.

연금술의 원칙 중 하나는
금이 완성될 때까지
냄비의 뚜껑을 열지 말고 기다리는 것입니다.

납이 금으로 변하는 그 긴 과정을
섣불리 재촉하지 말라는 뜻이겠지요.

우리도 마찬가지입니다.
나를, 그리고 타인을
너그러이 기다려줘야 해요.

아이든 어른이든
스스로 빛나는 금이 될 수 있도록

충분한 시간을 허락해주세요.

기다림 끝에 우리는 비로소
금처럼 빛나는 순간을 맞이할 거예요.

75
나도 그랬어

"나도 그랬어."
이 짧은 말 한마디가
때로는 큰 위로가 되곤 합니다.

특히 처음 겪는 일이나 위기 속에서
"나도 그랬어"라는 말은
마음에 든든한 안심을 안겨주지요.

'내가 이상한 게 아니구나.'
'나만 겪는 일이 아니구나.'
그리고 그 끝이 어떻게 될지
조금은 알 수 있게 되는 것이

참 큰 힘이 됩니다.

누군가가 나와 같은 길을 지나갔음을 알게 되면
그 길이 덜 외롭고
앞으로 나아갈 용기도 생기거든요.

그러니 힘들어하는 친구에게도
먼저 말해주세요.
"나도 그랬어."

그 한마디는
우리가 서로에게 건넬 수 있는
가장 큰 위로입니다.

“나도 그랬어.”

그 한마디는
우리가 서로에게 건넬 수 있는
가장 큰 위로입니다.

76

누구도 건드려서는 안 되는 부분

역린逆鱗은 용의 목에 거꾸로 난 비늘을 뜻합니다.
그 비늘을 건드리면
용은 끝까지 쫓아가서 응징한다고 하지요.

이 '역린'이라는 단어는
사람의 마음속,
그 누구도 건드려서는 안 될
아주 민감한 부분을 가리킬 때
종종 쓰이기도 합니다.

오랫동안 함께 지내야 할 사람이라면
나의 역린을 먼저 이야기해주세요.

상대방이 그 부분을 피할 수 있도록 말이지요.

그리고 상대에게도 물어보세요.
"당신의 역린은 무엇인가요?"
사람마다 건드리지 말아야 할 부분은
조심스럽게 배려해주는 것이 중요합니다.

그렇게 서로의 마음을 이해하고
조심하며 지낼 때,
서로의 아픔을 존중하고
그 아픔을 넘어설 때,
더 깊은 인연으로 나아갈 수 있습니다.

77
거절의 기술

내 마음이 흔쾌히 허락했을 때,
소중한 것을 내어주는 것이 양보입니다.

마음이 원치 않는데도
거절하지 못해서 겨우 내어주는 것은
스스로 빼앗김을 허락하는 셈이지요.

우리는 '나눔'과 '희생'을 미덕이라 여기지만
내 것을 지키면서도
상대 마음을 상하게 하지 않는
거절의 지혜가 바탕이 될 때,
비로소 진정한 미덕이라 할 수 있습니다.

거절은 부끄러워할 일도
내 욕심을 채우는 행위도 아닙니다.
거절은 삶 속에서 균형을 지키는 지혜입니다.

78
힘 빼고 만나기

사람을 만날 때,
배려는 참 좋은 행동이지만
너무 많이 하려다 보면
내 마음이 먼저 지쳐버립니다.

말 한마디, 행동 하나에도
조심스레 신경 쓰게 되고
상대방의 무심한 말도
자꾸만 되새기며 해석하게 되지요.

운동할 때도 힘이 너무 들어가면
의도대로 되지 않거나

몸을 다칠 수 있듯이
사람을 만날 때도 너무 애쓰면
내 마음이 금방 지쳐버립니다.

누군가를 만날 때
자꾸 나 자신이 지친다고 느껴진다면
힘을 빼고 자연스럽게
있는 그대로 마주하는 연습을 해보세요.

그렇게 하면
내 마음도, 상대방의 마음도
편안하게 서로 닿을 수 있습니다.

79
나를 위한다는 포장

때로는 나를 위한다며
도움이 되는 말을 해주는 사람도
만나기 불편할 때가 있습니다.

그럴 때면 그 사람의 말 속에
배려가 부족하거나
강요가 숨어 있을지도 몰라요.

나를 위한 말이라지만
그 포장 속에 숨은 날카로움이
내 마음을 아프게 할 때가 있습니다.

나를 위한다는 말 속에서
배려와 진심을 찾기 어렵다면
일일이 대응하려 애쓰지 말고
조용히 살며시 거리를 두세요.

나를 지키는 것이
그 무엇보다 가장 중요한 일이니까요.

부드러운 말과 따뜻한 마음을 가진
좋은 사람들과 함께하기에도
우리의 시간은 부족합니다.

80
그 사람에게는 최선

누군가가 밉거나 한심해 보일 때,
그 사람을 바라보는 나의 눈에
그이를 못마땅하게 보는
내 해석과 욕망이 고스란히
비춰진 것은 아닌지 생각해보세요.

우리 모두는
자신만의 서사를 품고 살아온
'내 인생'이라는 소설의 주인공들입니다.

그 사람도, 나도
각자의 길을 걸으며

서로 다른 이야기를 써왔지요.

그러니 그 사람의 서사를
있는 그대로 바라봐주세요.
그 길 위에 새겨진 발자국들을,
바람 속에서 견뎌온 시간들을요.

지금까지 살아낸 것만으로도
대단한 존재라는 걸 알게 되면
그이를 향한 미운 마음은 마치
아침 안개처럼 사라지게 될 거예요.

우리는 서로 다른 길 위에서
그저 각자의 이야기를 쓰고 있을 뿐,
모두가 그저 자신만의 무게를 견디며
하루를 살아내는 존재들입니다.

81
말言이 익어갑니다

순간의 감정으로 뱉은 말이
누군가에게는 상처가 될 수 있습니다.
굳이 하지 않아도 될 말은
더욱 그렇습니다.

남의 마음에 불편함을 주거나
상처가 될 수 있는 말이라면
바로 입 밖으로 꺼내지 말고
마음속에서 한 번 다듬어보세요.

다듬어진 말은
한결 따뜻하고 부드러워지니까요.

덜 익은 과일은 시고 떫지만
제철이 되면 단맛이 나듯
지금은 상처가 될 수 있는 말이
충분히 익고 난 후에는
약이 될 수 있습니다.

그러니 제때가 되어 충분히 익어버린
그 말이 터져 나올 때까지
마음속에 고이 머물게 해주세요.

82
멀어진 후에 비로소 깨닫는 것

우리가 짜증을 가장 많이 내는 대상은
가족처럼 가까운 사람들입니다.
어려운 사람 앞에서는
그리 쉽게 화를 낼 수 없지요.

가까운 사이일수록
우리는 경계를 잊어버리고
마음의 울타리도 무너뜨려서
상대를 함부로 대하곤 합니다.

친밀감을 망각한 어리석음이지요.

가까운 사이라고 해도
적당한 거리를 두는 것이 좋습니다.

그 거리는 예의를 지켜주는
작은 울타리 같아서
서로를 존중하며 바라볼 수 있게 해주지요.

가까워지기 직전에 느꼈던
설레는 마음과 작은 배려,
그 마음도 부디 놓지 마세요.

그 마음이 이슬을 감싸는 꽃잎처럼
가까운 사람을 소중하게 지켜줄 거예요.

83
'道'와 '迷'

'道(길 도)'와 '迷(미혹할 미)'는
언뜻 비슷해 보이지만
서로 다른 길로 우리를 이끕니다.

'道'는 '辶' 위에 '首(머리 수)'가 올라가 있습니다.
즉, 고개를 들어 앞을 보는 내가 있습니다.
내가 가야 할 길을
스스로의 눈으로 바라보는 것이지요.

'迷'는 '辶' 위에 '米(쌀 미)'가 올라가 있습니다.
사방으로 흩어지는 곡식 알갱이처럼
정처 없이 흩어지는 마음이 있습니다.

'道'를 따를 때 우리는
세상의 소리에 흔들리지 않고
나의 목소리를 따라갑니다.

그러나 '迷'에 빠질 때,
우리 마음은 사방으로 흩어지고
세상에 휩쓸려 살아가게 됩니다.

'道'와 '迷'의 차이,
비슷해 보이지만
이 커다란 차이 끝에 있는
삶의 종착지는 완전히 다르지요.

그러니 길을 찾고자 할 때,
고개를 들어 내 앞의 길을 보며 조용히 물어보세요.
나는 '道'에 있는지,
아니면 '迷'에 머물러 있는지.

84
마음에 맞는 예방접종

"내가 너한테 언제 그렇게 해달라고 했어?"
이 말 한마디는 독화살처럼 내 심장에 박히고,
그 사람과의 모든 순간을
한순간에 슬픔으로 물들입니다.

처음 그와 마주했던 순간조차
이제는 아픔이 되어 남게 되지요.

아픔이 지나가면 나는 내게 묻습니다.
왜 준비되지도 않은 사람에게
내 마음을 주려 했을까.

곧 후회의 감정이 나를 감싸고
내가 얼마나 바보였는지 깨닫게 됩니다.

그리고 시간이 더 지나면
내 마음을 억지로 밀어 넣었던 기억에
내 안에서 미안함이 차오릅니다.

그렇게 아픔은 후회로,
후회는 미안함으로,
미안함은 성숙으로 이어집니다.

그렇지만 때로는 미움이 자라나기도 합니다.
"내가 너한테 어떻게 해줬는데…"
미움은 내 안에서 독화살을 키워내고
그 화살은 나와 인연이 된
다른 이에게 날아가 상처를 남기지요.

독화살은 피할 수 없었지만
내게는 선택지가 있습니다.

약으로 쓸 것인가,
다시 독으로 내보낼 것인가.
잘 다룬 독은 오히려 명약이 된다고 하지요.

그 사람이 내게 준 것은 독이 아니라
언젠가 진짜 내 인연이 왔을 때 놓치지 않도록
미리 놓아준 예방접종이었을지도 모릅니다.

85

세상이 조금만 더 친절했으면

"세상이 내게 조금만 더 친절했으면 하고
간절히 기도한 적이 있었어요.
오늘 그 기도가 이루어진 것 같아요."

타로카드 상담가가 되고 싶어 하는 사람에게
작은 배려를 건넨 후에 들었던 말입니다.
제게는 어려운 일이 아니었는데
예상치 않은 감사의 말에 잠시 멍해졌습니다.

그 짧은 말 속에서
그 사람이 살아온 모진 세월과
오랜 시간 켜켜이 쌓인 감정들이

제게 고스란히 전해졌습니다.
이내 한 권의 애잔한 소설책을 읽은 듯
가슴 한구석이 저릿했습니다.

문득 어릴 적 기억이 떠올랐습니다.
한겨울 놀이터에서 눈싸움을 할 때였지요.
장갑을 안 챙긴 탓에 손이 너무 시리던 그때,
한 친구가 건네준 따뜻한 털장갑 한쪽이
얼마나 따뜻하고 고마웠던지 모릅니다.

놀이터에 엄마가 사 오신 붕어빵을
친구에게 빌린 장갑 한쪽과 함께 건네자
따뜻한 김 뒤로 보이던 친구의 미소,
그리고 그 순간 느꼈던 따뜻함이
아직도 마음 한편에 남아 있습니다.

세상을 조금만 더 친절하게 만들어보세요.
작은 배려와 작은 친절이 돌고 돌아
누군가의 얼어붙은 마음을 녹일 거예요.
그리고 그 따뜻함은 결국 내게도 돌아오겠지요.

"세상이 내게 조금만 더 친절했으면 하고
간절히 기도한 적이 있었어요.
오늘 그 기도가 이루어진 것 같아요."

86
나를 만나고 너를 만날게

요즘은 나를 만날 시간을 내기가 어렵습니다.

남들과 잘 지내려고,
많은 사람과 소통하려고
눈치 보고 애쓰다 보니
정작 나 자신과의 만남은
뒤로 밀리기 일쑤이지요.

하지만
불필요한 만남은 줄여도 괜찮습니다.
만남이 없다고 불안해하지 마세요.

한 번쯤은 멈춰 서서
무엇 때문에 내가 힘들었는지,
무엇이 나를 행복하게 하는지
천천히 돌아보는 시간을 가져보세요.

그리고 내가 어디로 가고 있는지
잠시 생각해보세요.

스승은 준비된 자에게 나타난다고 하지요.
사랑도 스스로를 아끼는 마음에서 나오는 빛을 따라
자연스레 다가오는 법입니다.

나 자신과 만남의 시간을 충분히 가지세요.
이윽고 눈앞에 서 있는 나의 인연은
내가 준비되길 기다린 것처럼
가만히 미소 지을 거예요.

87
세상에서 가장 귀한 존재

천상천하 유아독존天上天下 唯我獨尊
하늘과 땅 사이, 오직 나만이
가장 귀한 존재라는 말입니다.

그러나 우리는 종종
다른 이의 시선에 마음을 빼앗기고
스스로를 잊은 채
나를 너무 쉽게 희생하며
살아가곤 하지요.

다른 이들을 위한 마음이 아름다울지라도
내 안에 깃든 그 귀함을 잊어서는 안 돼요.

내 존재는 이 세상에 단 하나뿐인 빛입니다.

하늘과 땅 사이,
그 누구도 흉내 낼 수 없는
나만의 빛이 피어나지요.

그 빛이 흐려지지 않도록
내 마음속 깊이 새겨야 합니다.

'나는 세상에서 가장 귀한 존재입니다.'

성취할 운명

20여 년 전, 우연히 타로카드를 처음 만났을 때의 순간이 아직도 선명하게 기억납니다. 마치 아서 왕이 바위에 박힌 검을 뽑아들었던 그 순간처럼 강렬한 에너지가 저를 사로잡았으니까요. 타로카드를 처음 손에 쥔 그날 밤, 베개가 젖을 정도로 눈물을 흘렸던 꿈 또한 여전히 생생합니다. 중세 시대 유럽, 마녀사냥을 하는 철갑옷을 입은 군인들을 피해 타로카드를 들고 도망치는 꿈이었습니다.

그 순간 저는 이번 생에서 타로카드와 함께할 운명을 타고났다는 확신이 들었습니다. 그 확신대로 저는 지난 20년간 사회에서 인정받는 일은 아닐지라도 꿈속에서 그 소중한 카드들을 품고 떠났던 여정처럼 타로카드를 통해 성취를 추구하는 삶을 살았던 것이지요.

하지만 그때는 몰랐습니다. 남들이 가지 않은 길을 간다는 게 얼마나 외롭고 힘든 일인지 말입니다. 길 위에 혼자 있다는 사실에 두려움이 엄습했고, 가끔은 내가 가는 길이 맞는지조차 알 수 없었습니다. 저를 아끼는 어른들의 걱정은 고스란히 제게 좌절로 다가왔지요.

"이제 그런 거 그만해야지", "대학 나와서 왜 점쟁이를 해" 같은 말을 들을 때마다 흔들리는 마음을 다잡는 것이 결코 쉽지 않았습니다. 사람들이 모인 자리에 가서 타로카드를 한다고 말할라치면 지금 빨리 '판'을 깔아보라 했지요. 분위기를 망칠 수는 없으니 타로카드를 꺼내면 사람들은 이내 저를 중앙에 두고 구경거리인 양 쳐다보곤 했습니다. "메뉴 어떤 거 시킬지 타로카드로 보자", "로또 번호도 맞출 수 있어요?", "여기서 도박하시면 안 되는데…" 저는 타로카드를 만나기 위해서 전생부터 준비했지만 다른 이들에게는 그저 제 업이 술자리에서의 재밌는 안줏거리에 불과했습니다.

남들이 인정하는 사회적 성공은 아닐지라도 나만의 성취를 이루고 싶었습니다. 그리하여 저만의 타로 기법과 이론을 세우기까지 수많은 시행착오를 겪었지요. 영혼을 치유하는 상담을 하기 위해서 영적 수행과 운명학 공부도 게을리 하지 않았습니다. 그 결과, 저의 성취를 응원해주는 사람들이 하나 둘 생기기 시작했습니다.

50만 명의 구독자들이 저의 타로 해석을 들으면서 용기와 위로를 얻는다고 말합니다. 수백 명의 타로 상담가들이 제가 매년 세우는 타로 상담 슬로건을 따라 함께 성취할 운명을 만들어나갑니다. 저에게 타로카드를 배운 사람은 지금까지 약 1만 명 정도 되고 그 가운데 상당수가 타로 상담가로서 자신만의 길을 걷고 있습니다. 이제 돌아보니 묵묵히 걸어온 제 여정이, 그리고 제가 이룬 성취가 누군가에게는 이정표가 되었음을 깨닫습니다.

성공과 성취는 닮았지만, 사실 다릅니다. 성공은 사회가 정한 기준에 맞춘 결과이고, 성취는 오로지 나 자신만의 기준에 맞춘 결과이지요. 성공에는 운이 필요하지만, 성취는 나의 노력과 의지로 이루어집니다. 크든 작든 성취는 우리 삶의 꽃과 같습니다. 길가에 피어난 작은 들꽃도, 화려한 난초도 모두 각자의 아름다움을 지닌 꽃이듯이 마라톤을 완주하는 것도, 집 안 도배를 혼자 마무리하는 것도 다 성취입니다.

성취하는 사람은 그 자체로 '멋'이 있습니다. 이때의 멋은 성공한 사람이라 해서 반드시 있는 것이 아닙니다. 하지만 성취한 사람에게는 반드시 그만의 멋이 있지요. 요리사는 요리할 때, 운동선수는 경기를 할 때, 타로 상담가는 타로카드를 뽑을 때 그 멋이 빛납니다. 남들의 기준으로 성공하지 못하더라도, 나 스스로 추구하고자 하는 절대적인 경지가 있다면 그

것을 추구하는 삶. 그것이 곧 성취할 운명의 삶입니다. 멋있는 삶이란 그런 삶입니다. 그렇게 멋있는 삶이 잘될 운명으로 가는 삶입니다.

88
새로운 세상의 창조자

세상을 나만의 관점으로
바라볼 수 있는 사람만이
새로운 세상을 창조할 수 있지요.

나만의 관점을 갖는다는 것은
관습과 고정관념,
그리고 나를 둘러싼 배경들을
과감히 깨고 나오는 일입니다.
그 과정에서 고난과 고독은 늘 따라오지요.

터널 속에서 길을 잃은 것 같아도
그 어둠 속에서 나만의 빛을 찾아내는 순간,

새로운 세상이 눈앞에 펼쳐지지요.

그때라야 우리는 깨닫습니다.
고난은 우리가 새로이 태어나기 위한 통로였고,
고독은 진정한 나를 만나기 위한 거울이었음을.

그리하여 그 모든 것을 지나왔을 때,
나는 더 이상 예전의 내가 아니며
새로운 시선으로 세상을 바라보게 됩니다.

그 세상은 오직 나만이 만들어낼 수 있는
새로운 세상입니다.

89

아이가 부모를 선택한다

사람은 태어나기 전에
먼 길을 걸어옵니다.
그 길 끝에서 태어날 부모를 정하고
하늘 아래 어느 땅을 밟을지 정하지요.

이번 생에 이루어야 할 일,
그 모든 것을 가슴에 담아
우리는 이 세상에 발을 내딛습니다.

그러나 첫 숨을 내쉴 때
그 먼 기억은 안개 속으로 사라지고
다시 만나는 모든 인연은

흐릿했던 기억의 그림자처럼
내 앞에 펼쳐집니다.

좋은 인연도,
때로는 마음을 아프게 하는 인연도
모두 내가 부른 바람입니다.

그 바람 속에서 나는 배웁니다.
모든 것은 내 의지로 이루어진
오랜 시간의 결실입니다.

살다 보면 가슴으로도 머리로도
전혀 알 수 없는 일들이 찾아옵니다.
그럴 때는 바람처럼 지나가는 감정을 내려놓고
그 너머에 담긴 뜻을 보려 하세요.

태어난 그 순간부터 지금까지
삶의 자리마다 찍힌 내 발자국 하나하나가
모두 내가 만들어낸 길임을 잊지 마세요.

90
내 안의 신神을 찾아서

아이가 장난감 앞에서 울고 떼를 쓰는 것은
행복이 그 안에 전부 있기 때문이지요.

그렇게나 갖고 싶다는 장난감을 사주면
그 작은 손 안에 행복을 쥐고 있게 되니
아이의 얼굴에는 세상에서 가장 큰 신神이 깃듭니다.

'신이 난다'는 말은
내 안의 신神이 깨어난다는 뜻이지요.

어른이 되면 우리는
점점 신이 날 일이 사라집니다.

장난감 하나로 세상을 얻은 듯한 기쁨이
언제부턴가 희미해지지요.

그런 우리에게 필요한 것은
그 잃어버린 신을 다시 찾는 일입니다.

어릴 적 장난감 하나만으로도
세상을 가진 듯 신이 났던 그 순간처럼
지금 어른이 된 나도
그만큼 나를 설레게 할 무언가를
찾아야만 합니다.

먼저 가만히 앉아
내 마음을 들어보세요.
무엇이 나를 설레게 했는지,
언제 내가 웃었는지,

잊어버린 기억 속에서
작은 불씨를 찾아내는 것이
신나는 일의 첫걸음입니다.

새벽 공기를 마시며 산책하기,
홀로 떠나 혼자만의 시간 갖기,
한때 좋아했던 취미 다시 잡기,
사람과의 만남에서 대화하기.

내가 지금 무엇을 원하는지
끊임없는 그 물음 속에서
삶은 다시 신神나게
나를 향해 열릴 것입니다.

91

삼라만상을 이해하는 힘

불가에 이런 용어가 있습니다.
'관심일법 총섭제행觀心一法 總攝諸行'
'마음을 깊이 들여다보면 모든 것이 연결되어
하나임을 알 수 있다'라는 뜻이지요.

내 마음속 작은 떨림조차
우주를 흔들어 큰 울림이 되어 돌아오고
내가 내쉬는 한 번의 숨결이
저 먼 별빛 속까지 퍼져나가는 법입니다.

모든 것은 함께 이루어지며
어느 하나 홀로 서 있지 않지요.

너와 나,
저 먼 별과 이 땅의 흙조차
하나로 이어져 같은 흐름 속에서 춤을 춥니다.

바람이 나무를 흔들고
그 흔들림은 땅속 깊이 뿌리를 내리고
그 땅은 다시 꽃을 피우고
그 꽃은 세상에 향기를 흩날립니다.

이렇듯 한 번의 생각, 작은 말 한마디가
세상의 큰 물결이 되어 돌아옵니다.
그러니 내가 지금 품는 마음속에
세상을 바꾸는 힘이 있음을 기억하세요.

이렇듯 한 번의 생각, 작은 말 한마디가
세상의 큰 물결이 되어 돌아옵니다.
그러니 내가 지금 품는 마음속에
세상을 바꾸는 힘이 있음을 기억하세요.

92
정해진 시간은 없다

사람들은 저마다 다른 시간을 살아갑니다.
하루는 24시간, 1년은 365일이라 말하지만
그것은 함께 살아가기 위한 약속일 뿐입니다.

누군가의 하루는 1년처럼 길게 느껴지고
어떤 이의 1년은 순식간에 지나가기도 합니다.
우리는 모두 자신만의 시간을 안고 살아갑니다.

시간은 직선으로 흐르지 않아요.
과거, 현재, 미래는
한 줄로 이어지는 것이 아니라
둥근 원 속에 모두가 하나로 뭉쳐 있습니다.

그렇기에 지금 내 마음이 바뀌면
지난 일도 새로운 빛을 입고
다시 피어오르지요.

지난날의 실수가 떠올라서
이불을 걷어차는 밤,
그것은 지금의 내가
과거의 나를 새롭게 바라봤음을 뜻합니다.

과거는 그저 지나간 것이 아니라
내 마음에 따라 언제든 바뀔 수 있는 것.

그러니 세상의 편리로 정해놓은 시간에
나를 맞추려 애쓰지 마세요.
다만 내 시간을 살며
내 마음의 속도로 걸어가세요.

그 길 위에서 나는
더 깊이, 더 자유롭게
자신을 만날 수 있을 것입니다.

93
운이 사라지더라도 갈 수 있도록

성공한 사람은 크게
두 종류로 나뉩니다.

비전을 품고 성공한 사람과
운에 기대어 성공한 사람으로요.

그 둘의 공통점은
운이 그 길을 열어주었다는 것.
운 없이는 성공의 문턱을 넘기 쉽지 않으니까요.

하지만 둘 사이엔 차이도 있습니다.

비전을 알고 걸어간 사람은
다시 그 길을 찾을 수 있어요.
어둠 속에서도 자신의 길을 기억하고
다시 나아갈 수 있지요.

반면에 그저 운에 이끌려 성공한 사람은
다시 그 길을 찾기 어렵습니다.
운은 바람처럼 지나가고
그 자리는 흔적 없이 사라지니까요.

그러니 언제나 내가 어디에 서 있는지,
어디로 향해 가고 있는지
항상 마음을 다해 살피세요.

그래야 운이 멈추어도 자신의 길을 따라
천천히, 그리고 분명하게
다시 걸을 수 있으니까요.

94

오늘의 선택부터

우리는 종종 이런 후회를 합니다.
‘처음부터 좋은 선택을 했더라면…’

그랬다면 좋았겠지만
세상의 흐름은 종종
나의 예상이나 희망과
반대로 흘러가기도 하지요.

그러므로 더 중요한 것은
이미 한 선택을
좋은 선택으로 만들어가는 거예요.

원하는 시작이 아니었다 하더라도
너무 낙담하지 마세요.

그 선택을 다시 끌어안고
지금부터 좋은 선택으로 만드는 길도
운명의 지도 위에 존재하니까요.

시작을 어디에서 했든
우리가 도달할 그곳은
지금 이 순간 내딛는 한 발짝이 아닌,
이후에 이어질 한 발짝 한 발짝이 모여 이동하는
꾸준한 움직임의 끝에 있으니까요.

그러니 부디 빛을 향해 나아가세요.
당신의 마음이 가장 빛나는
그곳을 향해 가다 보면
내 운명의 지도가 완성될 테니까요.

95

삶이 주는 깜짝 선물

삶을 돌이켜보면 가장 후회되는 것은
실수가 아니라
아무것도 하지 않았던 순간들이지요.

실수는 때론 가르침을 남기고
운이 좋으면 다른 기회의 문도
열어주기 마련입니다.

어디 그뿐인가요.
다시 시작할 수 있는 가능성도
그 안에 숨어 있지요.

하지만 아무것도 하지 않으면
그것은 결국 아무것도 아닌 채로
이내 사라져버립니다.

내 앞에 놓인 문이
어디로 통할지 궁금할 때,
그 문을 열지 않고 지나가면
후회가 남을지도 몰라요.

그러니 그 문 뒤에
무엇이 있을지 알고 싶다면
주저하지 말고 손을 내밀어보세요.
생각과 다르면 다시 문을 닫으면 됩니다.

하지만 닫아둔 채로 지나가버리면
그 문 뒤의 세상은
영원히 알 수 없는 그림자로 남겠지요.

삶은 우리가 열어보지 않은 문들로 가득합니다.
그 문들 앞에서 두려워하지 말고,

한 번쯤은 용기 내어 열어보세요.

그 안에서
무엇이 나를 기다리는지 알 수 없는 것이
바로 삶이 주는 깜짝 선물이니까요.

96

인생이라는 텃밭 가꾸기

텃밭이나 정원을 가꿔본 사람이라면
잡초를 제거하는 일이
얼마나 중요한지 알 거예요.

한순간 잡초 뽑기를 게을리 하면
잡초는 금세 번져나가
우리가 바라던 농작물이나 꽃을
덮어버리고 말지요.

인생도 텃밭 가꾸기와 다르지 않습니다.
내 삶 속에 자라나는 불필요한 잡초들을
계속해서 제거하지 않으면

우리는 정작 원하는 인생의 열매를
얻지 못할 수도 있습니다.

안 좋은 습관,
지저분해진 내 공간,
그리고 오래된 악연…

그런 인생의 잡초를
늘 주시하고 제때 제거해야
비로소 우리가 바라는
삶의 꽃과 열매를 얻을 수 있지요.

물론 잡초를 솎아내다 보면
손끝이 아프고 힘들 때도 있습니다.

하지만 그렇게 애쓰는 손길 속에서
우리 인생의 꽃과 열매는
더 깊이, 더 풍성하게
내 삶 곳곳에서 피어나게 됩니다.

97

고민이 길어지는 진짜 이유

오랜 고민이 반드시
올바른 선택을 보장하지는 않습니다.

때로는 길게 망설이다가
적절한 타이밍을 놓쳐버리기도 하지요.

고민이 길어진다는 것은 어쩌면
마음이 이미 그곳에 없다는
신호일지도 모릅니다.

그렇다면 너무 애쓰지 말고
다른 길을 바라보세요.

우리 마음이 향하는 곳이
진짜 우리가 머물러야 할 자리이니까요.

그런데 만약 간절하게 원하면서
혹시나 이루지 못할까 봐
두려움에 망설이고 있었다면
그것은 놓치지 말라는 신호입니다.

그때는 주저하지 말고 꼭 잡으세요.
그것은 나에게 주어진 기회이니까요.

98

아기 새가 하늘을 나는 법

학습學習이란 배우고 익히는 일입니다.
'學(배울 학)'은 함께 공부하는 것이고
'習(익힐 습)'은 오로지 혼자 걸어가는 길입니다.

'習(습)'은 '날개 우羽'에
'일백 백百'이 합쳐진 한자로
아기 새가 하늘을 날기 위해서는
백 번의 날갯짓을 해야 한다는 의미이지요.

여기서 백 번은 무한대를 뜻하는 것으로
하늘을 날기 위한 끝없는 날갯짓을 가리킵니다.

제가 타로카드를 처음 배운 그날부터
100명의 사람을 상담할 때까지는
마음 한구석에 커다란 물음표가 있었습니다.
'지금 잘하고 있는 걸까?'

이윽고 1,000명을 상담하고 나니
제 안의 물음표는 작아지고,
하나씩 깨닫는 것이 생기더군요.

그다음, 1만 명을 마주하고 나니
100명의 사람 앞에서 타로 상담을 해도
마음속 평온함이 유지되더군요.

하늘에 닿는 길에는
지름길도, 왕도도 없습니다.
우리가 마주하는 불안과 외로움도
모두 나를 단단하게 하는 날갯짓일 뿐입니다.

그러다 어느 날 문득 하늘에 닿았을 때,
우리는 알게 되겠지요.

반복이 우리를 하늘로 데려다주었음을.

그러니 아흔아홉 번째 날갯짓에서
날개를 접지 마세요.
딱 한 번만 더 날갯짓을 해보세요.
그 한 번의 날갯짓이
우리에게 하늘을 안겨줄지도 모릅니다.

99

분명히 아는 사람

무엇을 해야 할지 분명히 아는 사람과
그렇지 않은 사람의 차이는
마치 하늘과 땅처럼 크지요.

분명한 목표를 가진 사람은
그 길을 걸어가기 위해
어떻게든 방법을 찾습니다.

혼자 힘으로 부족하다면
함께할 사람을 찾아
그 길을 함께 걸어가기도 하지요.

중요한 것은 그 분명함을 잃지 않는 것.
그것만 있으면 언젠가 반드시
목표한 바를 이루게 됩니다.

그러니 지금 스스로에게 물어보세요.
"내가 분명히 해야 할 일은 무엇인가?"

이 질문에 답을 찾는 순간,
길은 자연스럽게 당신 앞에 펼쳐질 것입니다.
해야 할 일이 분명하다면
남은 것은 나아가는 것뿐이니까요.

인생의 여정은 혼란 속에서
가끔 멈추기도 하지만
자신이 가야 할 길을 분명히 아는 사람은
결코 길을 잃지 않습니다.

100

무지無智에서 시작된 마음

초심을 잃었다는 말을 들으면
어쩐지 마음 한쪽이 쿵 내려앉곤 합니다.

하지만 가만히 생각해보면
초심이 변하는 것은
자연스러운 일인 것 같아요.

초심은 마치 봄날의 새싹 같습니다.
순수하고 맑지만, 그 속에는
아직 모르는 것들이 가득하지요.

무지 속에서 시작된 그 마음은

시간이 흐를수록 경험과 지식이 쌓여
더 단단해지고 성숙해집니다.

처음의 설렘이 사라진 자리에
우리는 새로운 마음을 채워 넣어야 하지요.

설렘은 사라질 수 있어도
어떻게 더 잘해볼 수 있을까 고민하며
길을 찾아가는 그 과정 속에서
우리는 새로운 초심을 만나게 됩니다.

그러니 초심은 변할지언정
열정만은 잃지 않는 것이 중요하겠지요.

초심이 처음의 모습과 다르더라도
그 안에 담긴 열정이 남아 있다면
우리는 여전히 그 길 위에 서 있는 것입니다.

101
불안은 성장의 징조

'내가 지금 잘하고 있는 걸까?'
이런 불안감이 찾아올 때면
자신감이 조금씩 흔들리곤 합니다.

하지만 이 불안이 사라지는 날이 오면
그때는 아마 배움도 멈추겠지요.

'나는 이미 다 알고 있어.'
이런 생각이 드는 순간,
더 이상 새로운 것을
받아들일 수 없게 될 테니까요.

그러고 보면 불안감은
배우고 성장하는 과정에서 일어나는
성장통일지도 모르겠습니다.

그 불안 속에서
우리는 더 치열하게 고민하고,
새로운 길을 찾아나가게 되니까요.

완벽해지기보다는
끊임없이 배우고 성장하는 과정 속에서
우리는 더 나아갈 수 있습니다.

그러니 불안한 마음이 들어도 걱정 말아요.
그 마음이 당신을 더 크게 성장시킬
씨앗이 될 거라고 믿어주세요.

완벽해지기보다는
끊임없이 배우고 성장하는 과정 속에서
우리는 더 나아갈 수 있습니다.

102

성장, 성숙, 성공

"나는 꼭 성공할 테야."
그렇게 마음먹었다면
조금 달리 생각해보세요.

"작년보다 10% 더 성장해야지"라고요.

성공은 마치 먼 산 위에 걸린 구름 같아서
손에 닿을 듯하다가도 바람에 흩어져버립니다.

반면에 성장은 나무가 하늘을 향해
조금씩 자라는 것처럼
확실한 방향을 가지고 있습니다.

성장이란 위로 뻗어가는 것,
성숙이란 땅속으로 뿌리를 깊게 내리는 일이지요.

성장이 높아질수록,
성숙이 깊어질수록,
성공은 마치 자연의 순리처럼
따라오게 되어 있습니다.

성장의 길 끝에서
성숙한 마음으로 바라볼 때,
나는 이미 성공 속에 서 있을 것입니다.

103
세상에 미혹되지 않으려면

독버섯은 언제나
화려하고 아름다운 모습을 하고 있지요.
그러나 그 안에는 독을 감추고 있습니다.

우리가 살아가는 세상도 그렇습니다.
보이는 것과 실제가 다를 때가 많지요.
사람도, 물건도, 일도
겉모습만으로 판단할 수 없습니다.

화려한 빛깔 뒤에
감춰진 진실을 볼 수 있는
맑고 깊은 눈을 가져야 합니다.

그리고 유혹 앞에서는
스스로를 붙잡을 줄도 알아야 하지요.

세상은 점점 더 화려한 독버섯들로 가득 차고
그들은 더 치명적으로 우리에게 손짓하지만
머리에서 아니라고 말하는 순간,
그 소리에 귀를 기울이세요.

흔들리지 않고 스스로를 붙잡을 줄 아는 힘,
그 힘이 결국 우리를 지켜줄 테니까요.

104

위기 뒤에 숨어 있는 것

위기危機의 '기機'는
기회機會의 '기機'와 같습니다.

위기는 언제나 그 속에
새로운 기회를 숨기고 있지요.

어둠 속에 숨겨진
빛나는 기회를 찾아내기 위해
우리에겐 네 가지 자질이 필요합니다.

첫째, 위기를 인정할 수 있는 용기입니다.
스스로의 상황을 받아들이는

그 첫걸음이 가장 중요하지요.

둘째, 무엇을 해야 할지 결정하는 판단력입니다.
어디로 나아갈지, 무엇을 선택할지
신중하게 고민하는 혜안이 필요하지요.

셋째, 결심을 행동으로 옮기는 실행력입니다.
결단한 순간, 주저하지 않고 바로 나아가는 힘이
당신의 삶에 변화를 가져다줄 거예요.

마지막으로, 운입니다.
때로는 우주의 도움을 받는 순간이
필요하기도 하니까요.

깊은 어둠 속에서
별은 가장 빛날 수 있고

거친 비바람이 불 때
뿌리 깊은 나무가 진가를 발휘하듯이

위기의 순간 스스로를 굳건히 믿고

빛을 내려고 해보세요.

위기의 끝자락에 있는

기회가 보일 거예요.

105
언제 먹어도 맛있어!

이별이나 좌절로 너무 슬플 때,
배가 고파서 어쩔 수 없이 먹은 음식이 맛있어서
더 화가 난다는 이야기를 들어본 적이 있나요?

내 세상은 무너진 것 같은데
세상은 여전히 그 자리에 있습니다.
맛있는 음식도, 재미있는 영상도, 좋은 친구들도
변함없이 그대로 있습니다.

우리는 때때로 자신의 슬픔에 빠져
세상이 함께 무너지기를 바라지만
세상은 묵묵히 그 자리를 지킵니다.

하지만 세상엔 분명 내 힘으로
일으켜 세울 수 없는 일들이 있는 법.

그럴 땐 억지로 무너진 벽을 세우기보다는
우선 맛있는 음식을 먹고,
웃음이 나는 영상을 보고,
그저 잠을 청하는 것이
더 큰 지혜일지도 모릅니다.

세상이 무너지지 않았다는 걸 새삼 깨달을 때,
우리는 다시 천천히 일어설 수 있습니다.

그 작은 한 끼, 그 짧은 웃음, 그 잠깐의 휴식이
우리 마음을 조금씩 회복시킬 테니까요.

인생은 그렇게 조금씩 다시 세워가는 것입니다.

106

오래도록 자리를 지킨다는 것

오랜 시간 자기 자리를 잘 지켜온 사람들을 보면
두 가지 공통점이 있습니다.

바로 겸손과 경계.

태산 같은 자부심을 갖되
누운 풀잎처럼 자세를 낮추고
간절했던 마음을 잃지 않는 것.

겸손은 자기를 비우는 일이며,
경계는 자기를 지키는 일입니다.

그 두 가지가 어우러질 때,
우리는 더 오래
더 단단하게 서 있을 수 있습니다.

겸손하고 경계하는 마음으로
그 자리를 지켜나간다면
오래도록 그 자리에 머무를 수 있을 것입니다.

107

멀티 유니버스로 가는 법

'우宇'는 위아래로 넓게 펼쳐진 공간,
'주宙'는 하늘이 품고 있는 시간의 흐름입니다.
그 둘이 만나 우주宇宙가 되었지요.

우주는 시간과 공간을 품은
모든 것의 이름입니다.
우리는 그 속에서 살아갑니다.

지구라는 별 위에서
시간은 운運처럼 흘러가고
공간은 기氣처럼 우리를 감싸지요.
운과 기 안에서 인간은 매일 걸어갑니다.

오래전 인간은
그저 주어진 시간과 공간 속에서
한정된 삶을 살아야 했지만
문명의 발전은 시간과 공간을
넘나들 수 있게 해주었지요.

거북이는 땅에서는 기어다니지만
바다로 가면 물결 속을 자유롭게 날아다니고,
동백꽃은 여름엔 조용히 숨을 고르지만
겨울이면 붉게 피어나지요.

지금 내 삶을 변화시키고 싶다면
과감히 새로운 시간과 공간을 선택해보세요.
나를 가두던 틀을 벗어나
나에게 맞는 자리를 찾을 때
그곳엔 우리 안의 숨겨진 또 다른 우주,
멀티 유니버스가 기다리고 있습니다.

그곳에서는 내가 간절히 바랐던 삶을 살고 있는
또 다른 내가 살아가고 있습니다.

멀티 유니버스 속의 나와 만나면
그토록 원하던 나로 살아갈 수 있지요.

108
성취한 인생이란

인생의 마지막 순간을 맞이했을 때,
우리는 두 가지 평가를 마주하게 될 것입니다.
바로 타인의 평가와 나 자신의 평가입니다.

타인의 평가는 대개 성공이라 불리고,
나 자신의 평가는 성취라 불리지요.

타인들이 나를 어떻게 보든지 간에
내가 스스로 "잘 살았어"
또는 "후회 없어"라고 말할 수 있다면
그것은 이미 성취한 인생입니다.

우리가 이룬 것들은
외부의 기준이 아니라
내 마음속에서 자란 열매들이지요.

지금, 내가 이룬 것들을
가만히 들여다보세요.

나의 과거를 어떻게 해석하고 평가하느냐에 따라
내 인생은 전혀 다른 빛을 띨 것입니다.

후회할 수 있는 과거도
내가 어떻게 바라보느냐에 따라
성취의 순간으로 바뀌는 법이니까요.

결국, 인생의 가치는
내가 스스로 내리는 평가에서 시작됩니다.

지금까지 자신이 걸어온 길을
따뜻한 눈으로 바라봐주세요.
그리고 "후회 없이 잘 살았어"라고 말해주세요.

지금까지 자신이 걸어온 길을
따뜻한 눈으로 바라봐주세요.

그리고
"후회 없이 잘 살았어"라고
말해주세요.

● 에필로그 ●

아리스토텔레스는 이 세상이 흙, 바람, 물, 불의 4원소로 이루어졌으며, 이 네 가지가 서로를 돕고 어우러져 온 세상을 움직인다고 했습니다. 저는 우리 인생에도 네 가지의 운명이 있으며, 그 운명들이 조화를 이룰 때 잘될 운명으로 가는 것이라고 생각합니다. 그래서 이 책에서 다룬 네 가지의 운명은 다음의 4원소의 이론에서부터 시작되었습니다.

흙은 지구에 살고 있는 모든 존재가 뿌리를 내리고, 발을 딛으면서 살아갈 수 있도록 중심을 잡아줍니다. 우리의 삶에서는 평온한 상태를 의미합니다. 누군가는 평온함을 갖는 것만으로도 모든 것을 이루었다고 하지요. '평온할 운명'은 잘될 운명의 시작이자 끝이 되는 토대와 같은 운명입니다.

바람은 보이지 않지만 어디에나 스며들어 있으며 새로운

길을 만들어냅니다. 바람이 불어온다는 것은 활기와 가능성이 생겼다는 뜻이지요. 바다 위의 돛단배는 순풍이 불면 힘차게 나아가고, 불은 바람이 더 세차게 불면 더 크게 활활 타오를 수 있습니다. 누군가는 바람을 타고 편안하게 이 생을 여행하듯 살아가기도 하지요. '운 좋을 운명'은 잘될 운명이 우리에게 주는 선물 같은 운명입니다.

물은 늘 흐르고 순환합니다. 물처럼 흐르는 인연의 만남과 헤어짐에서 우리는 이곳에서 누릴 수 있는 모든 감정을 영혼 깊숙이 느낍니다. 누군가는 특별한 인연과의 만남을 위해 이곳에 와 있는지도 모릅니다. '잘 지낼 운명'은 무채색이었던 잘될 운명에 다채로운 색을 더하는 운명입니다.

불은 뜨겁게 타오르는 태양처럼 삶을 밝고 따뜻하게 해줍니다. 마음에 불이 피어오른다는 것은 이루고 싶은 무언가가 생겼음을 뜻하지요. 그 순간 느끼는 설렘은 우리로 하여금 살아 있음을 느끼게 해주는 힘입니다. 누군가는 이 생에서 정말 뜨겁게, 제대로 한 번 타오르기 위해 이곳에 와 있는지도 모릅니다. '성취할 운명'은 잘될 운명에 빛과 따뜻함을 내려주는 운명이지요.

잘될 운명이란 평온할 운명, 운 좋을 운명, 잘 지낼 운명, 성취할 운명이 모두 더해진 운명입니다. 지금 이 책을 손에 들고 있는 당신은 잘될 운명을 잡게 되었습니다.

여기에 한 가지를 더하자면 제5원소는 에테르로 곧 '소울(Soul, 영혼)'입니다. 잘될 운명에 나의 소울이 들어가 있다면 이 생에 왔다 감에 티끌만큼의 아쉬움도 없을 것입니다.

저는 잘될 운명에 소울을 더하는 것에 대한 사색과 수행에 정진하는 중입니다. 소울을 찾는 일은 24시간 잠들지 않고 깨어 있어야 하므로 혼자서는 어렵습니다. 불침번을 서면서 서로를 깨워주어야만 가능한 일이지요. 이 세상에 기적이 단 하나 있다면, 그것은 바로 더러운 두 손을 비비면 깨끗해지는 기적이라고 구르지예프가 말했습니다. 미숙한 우리가 서로 머리를 맞대고 노력하면 깨달음을 얻고 소울을 찾을 수 있습니다.

이제 당신과 소울을 찾아가는 여정을 함께하고 싶습니다.
부디 당신의 운을 믿고 그 길을 따라가세요.

이 여정의 끝에 소울이 있는 삶이 기다리고 있습니다.

당신은 잘될 운명입니다.

잘될 운명입니다

초판 1쇄 인쇄 2025년 1월 2일
초판 3쇄 발행 2025년 1월 15일

지은이 정회도
기획 골든리버
편집 한아름
표지 디자인 신일화
본문 디자인 강수진
마케팅 허경아 이루겸 박도선 정희정

발행인 정회도
발행처 소울소사이어티
출판사 등록일 2020년 7월 30일

이메일 soul-society@naver.com | **카카오톡채널** 소울소사이어티
웹사이트 soulsociety.kr | **인스타그램** @soulsociety.official
블로그 blog.naver.com/soul-society | **유튜브** youtube.com/soulsocietykr

값 20,000원
ISBN 979-11-982100-5-0 (03810)